河出文庫

オックスフォード&ケンブリッジ大学 さらに世界一「考えさせられる」入試問題

「まだ、あなたは自分が利口だと思いますか？」

ジョン・ファーンドン
小田島恒志・小田島則子 訳

河出書房新社

さらに
オックスフォード&ケンブリッジ大学
世界一「考えさせられる」入試問題

「まだ、あなたは自分が利口だと思いますか？」

挿画　杉田比呂美

序　文

数年前に私は *Do You Think You're Clever?*（邦題『あなたは自分を利口だと思いますか?』）というタイトルの本を書いた。タイトルに掲げた質問は、ケンブリッジ大学とオックスフォード大学の面接試験で入学志望者にときどき問われる伝説的難問の一つである。本文にはこれ以外にも、負けず劣らずふざけた問題、たとえば「ネイチャー（nature）はナチュラル（natural）ですか?」「蟻を落とすとどうなりますか?」「ガールスカウトには政治目的があるでしょうか?」などに対する解答例を載せた。

こんなものは奇を衒《てら》っただけのひけらかし問題だと言う人もいるだろう。あるいは、学術界の頂点に君臨する象牙の塔に挑もうという無謀な若者を脅して追っ払う計略なのだと言う人もいるだろう――カバラの謎かけや、三大魔法学校対抗試合でハリー・ポッターたちが挑んだ試練のように。もちろん、そのつもりで出題している卑劣な教員もいるかもしれない。現に私自身、はじめてオックスブリッジの問題を見た時にそう思ったことを認めよう。しかし、これらの問題の何が秀逸かと言うと、あなたに考えさせるところだ。挑発されて苛立ちながらも、あなたの脳は猛スピードで回転しはじめる。だからこれらの問題はオックスブリッジの入学志望者に限らず誰にとっても魅力的なのだ、と私は思う。

要するに、私たちはたいてい誰でも考えることが好きなのだ。みんな知的好奇心をくすぐられるのが大好きだから、意表を突く問題に出合うとたちまち頭脳が働き出す。一作目が好評を博し、韓国からカナダに至るまで世界各国でベストセラーとなったことには出版社も私も本当に驚いた。しかし、その成功の鍵がどこにあるのか分かった。私たちは考えることに喜びを見出すのだ。そこで続編を出すことにした。

一作目に載せた私の答えには同意できないと言う読者もきっと大勢いたことだろう。私の答えはまるでなっていないと考える読者もいたことだろう。事実、大変申し訳ないことに、「もし、地面を地球の裏側まで掘って、その穴に飛び込んだらどうなりますか？」という問題で私は愚かなミスを犯した。本当に穴があったら入りたい！　しかし、まさにそこなのだ。一作目にしてもこの続編にしても、正解を導くつもりは毛頭ない。目指しているのは質問を投げかけて、そして、みなさんに考えさせること——だからミスもその一助になり得るのだ（というのは、私の言い訳です！）。

とはいえ、これらの質問の中には、冗談抜きで冷酷非情なものもある。おかげで、一作目の原題『あなたは自分を利口だと思いますか？』に対する、ジェームズ・ボンド映画の悪役ばりの変形を思いついてしまった——*So, You Think You're Clever?*（『じゃあ、あなたは自分を利口だと思っているんだ？』）。回転するチェーンソーに向かってじりじりと近づいていく中、必死に答えを見つけ出そうとしている受験生の姿が目に浮かぶだろう――実際、面接試験の最中にはこういう気分になるかもしれない。

だが、この続編を出すにあたってもう一つ思いついたタイトルがある―― *Do You Still Think You're Clever?*（『まだ、あなたは自分が利口だと思いますか？』）。一作目のややこしいタイトルに、面白い、オックスブリッジらしい一言を加えただけだが、そのせいで答え方はさらにややこしくなった。これは根拠のない前提に基づいた、いわゆる多重質問で、素直に答えたらまず間違いなく罠にはまる。論理学専攻の学生なら「複合的誤謬質疑」と呼ぶかもしれないが、私は単にいやらしい問題と呼んでおこう。というのもこの質問ではまず第一に、（おそらく）何の根拠もなく「あなたは少なくともかつては自分を利口だと思っていた」ということを前提にしているからだ。となると、「イエス」と答えた場合、そうではない証拠が眼前に歴然としていたのに今日まで自分は自分が思っていたほど利口ではないという事実に気がつかなかった馬鹿者です、と言っていることになる。そして「ノー」と答えた場合、自分を利口だと思っていたことがまったくの間違いだったと分かりましたと言っていることになる。どちらにしてもあなたの負けだ。

多重質問の例として、仮に「あなたは妻を殴るのをやめましたか？」と法廷で訊問されたと考えてみよう。「イエス」と答えても「ノー」と答えても有罪になる。法廷ではこのような質問は罠とみなされかねず、ふつう判事から質問を変えるよう促されるのだが、これはジャーナリズムの世界ではよく知られたテクニックである。[1] そして、もちろん私たちはこうした誘導尋問に日常的に出くわしている。たとえば若い女性がカレに「この服着ると私細く見える?」と聞いたり、父が反抗的なティーンエージャーに「お前はいつになったら大人になるんだ?」と聞くのがそれだ。だが安心していただきたい、本書に掲載した質問では仕掛けられた罠にかかったところで、甚大な被害をこうむりはしない。

私は最終的な答えとか模範的な答えを提案したつもりは決してない。まるで逆である。面接官によっては私の解答にがっかりして首を振り、きっぱりと入学を拒否する人もいるだろう。私の意図は別のところにある。私が目指しているのは出題された問題が導く解答の可能性をさらに広げること――そして読者に思考の栄養をお届けすることだ。たとえばそれは多くの場合、解答することよりもそのために必要とされる情報を提供することである。また問題によっては空想の翼を広げて飛び立つことかもしれない。しかし、専門用語を避け、教養ある読者が通常備えている以上の学術知識は取り入れないよう終始気をつけたつもりだ。オックスブリッジの問題はその分野のスペシャリストだけが関心を寄せればいいというものではないと私には思われる。結局、法律の目的や、世界の貧困の解決法や、詩の重要性や、何にせよ重要なことは、私たちみんなの興味を引くはずだ。

このような狡猾な問題に返答するということは、利口になるということだ。しかし、それは誰にでもできる。知識ではない。教養でもない。考えられる限りのあらゆる手立てを尽くして自分の思考をこねくり回すということだ。それなら誰にでもできることであり、オックスブリッジへの入学を許可された、あるいは入学志望を許可された幸運な学生だけに許された領域ではない。本物の利口になる妨げとなる最大の障害は、唯一、ひとりよがりだけだ。

誰でも利口になれるという私の話が信じられないなら、人並み以下、鳥並みの脳の持ち主のエピソードをご紹介しよう。

数年前にケンブリッジ大学のある研究者グループが、カラスの実験を行い、イソップ寓話にあるカラスと水差しの話の真偽を確かめようとした。細長い筒状の容器に水を入れ、そこにジューシーで美味しそうな芋虫を浮かべたが、もちろん容器が細すぎてカラスは餌を食べることができない。あなたがカラスなら、どうするか？

カラスたちは本当に利発だった。石を探しては一つまた一つと容器に落とし、徐々に水位を上げ、ついに芋虫を手に入れたのだ。なんたる利口者よ！　考えてみていただきたい。カラスにはただ単に石を入れると水位が上がるという知識があったばかりでなく、実行を思い立ち、それを的確に実行する力もあったのだ。そら恐ろしい！

あんなに小さな脳しかないカラスがそれほど利口になれたのだから、こんなに大きな脳を持っている私たちにもできるのではないだろうか？　きっとできる。

もちろんこの本はオックスフォード大学かケンブリッジ大学への入学を志望する学生の役に立つだろう。しかし、それだけではない。これはあらゆる人の、オーストラリアからアナトリアに至るまで世界中の人々の役に立つ。私たちは世界中で日々難問に（我々は今どこに向かっているのかとか、我々は今何をしているのかとかの問題に）直面しており、新しい答えを、新しい考え方を、「定形外」の考えを必要としているのだから、オックスブリッジの問題に挑戦することで思考回路を刷新し、ああそうか、これもあれも別のやり方があるじゃないか、それはやめてこれを試すこともできるな、という考えに少しでもなっていただけたら嬉しい。私たちは二度同じ過ちを犯す必要はないのだから……。

1

一九九六年、アメリカ合衆国国連大使マデレーン・オルブライトは、『60ミニッツ』に出演して、レスリー・スタールから国連がとったイラクへの制裁措置について聞かれた時、明らかにこの罠にはまってしまった――「すでに五十万人の子供たちが死んだと聞いています。つまりヒロシマで死んだ子供たちより多いということですが、それはそれだけの代償を払うに値するということなのですか?」オルブライトはこう答えた。「難しい選択ですが、我々としてはそれだけの代償を支払うに値すると思っています」――そしてすぐに後悔した。

目次

●原注（1、2、……）と訳注（＊1、＊2、……）は各章末にまとめている。

I.

ケンブリッジ大学

医学

あなたならどうやって警察に知られずに人に毒を盛りますか？

なるほど、この類の知識はケンブリッジ大学の学生には必要不可欠である。いつルームメイトが耐え難い人間になるか分からないし、どう考えてもあなたが今年度もっとも奇抜で独創的な論文を書いたという理由で指導教官があなたを落第させるかもしれないのだから。しかし、わざわざ毒を盛らなくても、同じキャンパスにいる人間なら警察に見つからずに始末する方法は他にいくらでもあるだろう。ケム川には船の事故にうってつけの深みが何か所もあるし、「グリム[*1]氏の方庭」の古い石段は雨の日には危険この上ないし、化学実験室はもとより危ないと有名だし、「ダルズ・ディッチウォーター[*1]教授」の講義は今年度だけで少なくとも百人の学生を退屈で永の眠りにつかせたが、警察が調査を行う気配はまるでない……。

しかし、このまま結論を出すのは早急に過ぎるだろう。この質問では、必ずしも毒を盛って殺すとは言っていない。軽くお腹をこわす程度でも、出題者の毒物に対する不穏な興味を満足させるには十分かもしれない。それなら私にだって、ディナーパーティに出席して体調を崩し、その原因は間違いなく最低の食事か過度のアルコール摂取だと断言できるのに、警察は気がつかなかったという経験の一度や二度はある。つまり、水も漏らさぬ法の網目に引っ掛からずに確実に毒を盛るには、捜査の手があなたに伸びてこない程度の被害におさえればいいということだ。

ディナーパーティを開いてひどい食べ物や危ない飲み物を出すというのは、警察の現場検証を招くことなく人に毒物を飲み込ませる上手い手ではある。しかし、摂取量を間違えたら毒になるものは世の中にあまりにもたくさんある。十六世紀の医者パラケルススは「すべての物質は毒になる。そうでないものはない」と言った。問題は量なのだ。ビタミンAもビタミンDも少量ならば健康に欠かせない物質だ。しかしどちらも量が過ぎれば命取りになりかねない。命を与えるはずの酸素も過剰になると人体に害を及ぼす。もちろん、パラセタモールなどの常備薬も服用量を守らなければ命を危険にさらすことになり、アルコールについては言わずもがなである。車に乗ってエンジンをかけるだけで車からは肺疾患の原因となる亜酸化窒素などの有毒な煤煙が排出されるから、どこかの誰かに毒を盛っていることになる。つまり、毒と言ってもその種類は膨大な数にのぼるのだ。

しかし、この質問はたぶん、故意に毒を盛って人を殺す場合を想定しているのだろう。凶器としての毒のいいところは、密かにできるところと、実行する際に技も力も必要としないところだ。殺害者は被害者が死ぬ時に現場に居る必要さえないから、上手く逃げおおせる確率が高い。というわけで昔から毒殺は、堂々と剣で突くとかズドンと一発食らわすとか愚直に斧で叩き切るなどの殺害方法よりも、姑息で陰険だと見られてきた。といっても、いずれの殺害方法をとるにせよ、被害者にとっては死ぬことにかわりはないのだが。

歴史を振り返れば、毒によって破滅に至った統治者やその宿敵たちは大勢いる。イワン雷帝は妻と母を水銀で殺し、自身も同じく水銀で殺されたと言われている。ボルジア家は毒を盛ることを生活スタイル（あるいは死亡スタイル）にしていたようだが、ああしょっちゅう砒素を仕込み合っていながら、あの一族はよくあれほど長く続いたものだと感心する。乳母の食事にこっそり少量ずつ砒素を混ぜれば乳からは砒素が濃縮されて出てくるわけだから、邪魔な赤ん坊を殺すにはもってこいの方法だったのだろう。しかしそうなると、犯人は誰になるのか[1]？

毒殺は今より昔の方が、特に支配階級の間で人気があった。その理由の一つは、召使いを裏通りの薬屋へ砒素を買いに行かせても何も問い質されることがなかったからだ。また、死因が本当に毒殺によるものかどうかを断定するのが今よりはるかに難しかったということもある。ハムレットは父が毒殺されたことを亡霊に証言してもらわなければならなかった。しかし、現在は少しでも毒性のあるものは薬物規制法で取り締まられているから、薬剤師はそういうものを、店先でも裏口でも、まず売ろうとしない。グーグルで「死に至る毒物の購入先」などと検索したら、ネットや携帯の履歴に犯罪の痕跡を残すことになるのは必至だ。

現在の検死解剖では、被害者の遺体に残るほとんどすべての毒物を検出することができる。しかも今は警察の調査も厳密だから、かつてのように人を毒殺して逃げ切ることなどまず無理だろう。人が突然死んだ時に一つでも疑わしい点があれば、今日の法医学はとてもすぐれているから、毒殺を発見されずに済ますのは至難の業《わざ》だ。確かに、毒性は強いけれども痕跡は残らない毒物がないわけではないものの[2]、そういうものは入手が極めて困難だから、やはり警察には毒殺であると知られてしまう。しかし、私には、私がやったと警察に知られずに人に毒を盛るかなり良い方法がまだ残っている。

　それにはまず第一に、誰を被害者にするか、である。被害者との関係が近ければ近いほど、疑いの目は向けられやすくなる。それにもし殺す相手は誰でもよいのなら（何と無情な問題だ！）、同じ寮生や家族をターゲットにするより赤の他人を狙う方が捕まらない確率はぐんと高くなる。たとえば、自分の居住区以外のレストランのシュガーポットにリシン[3]を一粒落とせば無差別に何人か殺せる。私に疑いがかかることはまずないだろうが、自転車で移動して足跡を最小限にとどめればさらに上手くいきそうだ。

　ストレートに、飲料水の供給源に毒を入れる手もある。[4]水銀は比較的手に入れやすく、実際アルカイダはイラクで飲料水に水銀を混ぜる計画を立てていたのだという説もある。十分な量を混ぜれば、人を殺さないまでも重篤な状態に陥らせる力のある毒物は他にも数えきれないほどある。[5]実際これまでにも大勢の人々が飲料水が汚染されたために（故意にではなく怠慢のせいではあるが）中毒症状に陥ってきた。

　ここまでのところ、私は知人に毒を盛る方法については何も答えていないし、赤の他人の殺害に関してもあまり詳しくは述べていない。しかしそれは悪いことではない。この問題は知的訓練を目的としているとはいえ、深く追求するのは好ましくない。医者であれば的確な処置を施すために患者が摂取した毒の効果や中毒症状の徴候に気づく必要がある。法医学者であれば、殺人事件を解決するために、毒の盛り方や、その痕跡の消し方を知っておく必要がある。しかしそうでないなら、「完全犯罪」の実行方法は犯罪小説の作者に任せておくのがベストだと思う。

しかし、殺したい人間を日本に呼び寄せ、自分がイギリスへ帰国する時に自宅マンションでお別れ会を開いてフグの刺身をご馳走することにして、板前《シェフ》がフグを調理しはじめる直前に彼の飲み物に強いアルコールを混ぜるという方法もある。もちろん、フグの肝臓には猛毒が含まれている。これはフグがビブリオ属の細菌を飲みこむと生成される毒で、もし完璧な調理がなされていないと命取りになる。八時間かけて死に至る場合もあるが、致命的な麻痺が起きるまではじんじんと軽い痺れを感じているだけである。フグが殺人の使命を遂行して日本の警察が板前《シェフ》を業務上過失致死罪か殺人罪で逮捕するころには、私はまんまと逃げおおせている。もしフグの刺身に思ったほどの威力がなかった場合は、古い友人の住む地域の郵便局からリシン入り焼き菓子をバースデープレゼントに送ることもできる。

1　とはいえ、もっとも興味がそそられる女性毒殺犯の一人は、十七世紀のローマの住人ジューリア・トファナだ。ジューリアは辛い結婚生活を強いられた若い女性のために、夫を殺害する毒を用立ててやっていた。彼女たちの間ではジューリアはまさに英雄だったから、

2 当局がついに彼女の商売をかぎつけて迫ってきた時も、しばらくの間は彼女を匿っていた。信頼に足る筋からの情報によると、服用量によっては死に至るが、検死解剖で検出されない睡眠薬も存在するそうだ。しかし、それが何という薬なのか分かったとしても、私はみなさんに教えるつもりはない。

3 ここでリシンを持ち出したのは、これがごく少量でも死に至る猛毒であり、さらに、家庭でもトウゴマの種子から作ることができるからである。

4 もっとも恐ろしい例の一つは一九〇四年に起こったものだが、これを国連の調査隊が明らかにしたのは八十年も経ってからだった。アフリカのヘレロ族とナマ族を根絶しようとしたドイツ人が、飲料用の井戸に毒物を入れたのだ。その結果何千もの人が死亡した。

5 イギリス史上最悪の毒物による集団中毒事件は、一九八八年にコンウォールのキャメルフォードで、数万人が利用する飲料水に、基準値の三千倍の濃度の硫酸アルミニウムが混入したというものだ。多くの人が体調を崩し、中には長期にわたる深刻な健康被害を受けた人もいた。

*1 それぞれ架空の人物名と思われるが、「グリム」は「陰鬱な」の意味なので、日本名なら差し詰め「暗影氏」、「ダルズ・ディッチウォーター」は「退屈な溝の水」の意味なので「淀水倦怠教授」とでも言おうか……。

2.

ケンブリッジ大学
自然科学

一体このカバンは空《から》になるでしょうか？

ダンカン殺しの罪の意識に苛まれたマクベス夫人のあのセリフ――「一体この手はきれいになるでしょうか？」――とこれほど似た響きを持つ質問がこれまで面接で出されたことはありません、と答える――と、面接官は絶望的な面持ちで空《から》のカバンを出して、ほんの少し利口過ぎる答えを出したその受験生の死体を入れて運び去った……。

だから安全策をとって、まずは平凡な答えから考えよう。目に見える中身を全部取り出せば、このカバンは空になる。これが日常的な意味における「空」だ。つまり、カバンは今すぐにでも空にできる。私はただカバンをひっくり返して、中身を全部出せばいいだけだ。携帯もランチボックスも手帳とペンも「I Love Justin Bieber」Tシャツも、今読んでいる『天才になるための五十の方法』も、面接官の目が冷たかった場合に備えて用意した五ポンド紙幣の詰まった封筒も……。

しかしもちろん、こうして空にしたカバンは本当には全然空ではない。埃やら菓子類のクズやら紙の切れ端やら何百万もの微生物やら、さらには空気がカバンの隅の隅まで一杯に詰まっている。固形物をすべて取り出すが早いか、そこへ空気が流れ込んでくる。気体の分子はとてつもなくエネルギッシュに素早く動くから、どこもかしこもあっという間に空気で埋め尽くされてしまう。

しかし、その空気を取り除けるとしたらどうだろう？　それなら空《から》になるのではないだろうか？　羽毛布団をしまう時などに使う真空パックと同じ要領で、掃除機を使えば空気を吸い出せるかもしれない。こうすればカバンはさらに真空に近づきそうだ。もちろんその場合、完全にぺしゃんこにならずに外気圧に耐える強度と、完璧な気密性がカバンに求められるが、それはかなり無理そうだ。とはいえ、そういうカバンがあったとして、さらに世界最高の掃除機を使ったとしても、部分的な真空を作り出すことしかできない。物理学者が真空度を測る時は、ふつうは気圧を見る。気圧が低ければ低いほど、完璧な真空に近くなるが、掃除機ではせいぜい五分の一程度にまでしか気圧を下げられない。

現在では、さまざまな科学実験室や研究機関の超高度真空室で、もっとずっと完璧に近い真空を作れるようになった。だからそういう真空室にカバンを入れたらどうだろう？　カバンはきっと本当の意味で空に近くなる。しかしそうした真空室でも、まだ完璧ではない。普通の大気に比べて一兆分の一にまで気圧を下げることに成功しているが、まだ完璧な真空ではない。

いいだろう、こうなったらとことんやるまでだ。次に発射される火星探査機にカバンを乗せて、何もない宇宙空間へ放り出し、中の気体が虚空へすっかり放出されるまで放置する。これで問題は解決したかに見える。しかし、この「何もない宇宙空間」という言い方がそもそも間違っている。宇宙空間の一番何もないところにも、一立方メートルあたりに数個の水素原子が存在する。つまり、私のカバンの内外にもまず間違いなく一つか二つは原子が浮遊することになる。もはや物理学的にはこれ以上カバンを空にする方法はなさそうである。つまり、私の負けだ。

いや実を言えば、仮にその最後の水素原子を捕まえて除去する方法を編み出したところで、そこまでやっても何の意味もないと気づいて空《むな》しくなるだけだろう。

空《から》という概念は、古来あらゆる分野の思想家たちを悩ませてきた。ごく単純なレベルの話では、言葉の定義に問題がある。私たちの間に何もないと言うなら、私たちの間には何もないということで、つまり私たちはくっ付いていなければならない。空が空間を占めるというのは意味論的に不可能である。

アリストテレスをはじめとする古代ギリシャの思想家たちは、何か隙間ができると瞬時にもっと濃密な物質がそこへ流れ込むから、自然界に真空はないと主張していた。「自然は真空を嫌う」という有名な言葉を作ったのもアリストテレスだと言われている。彼はさらに思索を進めて、何ものでもないというような物はないから、概念上虚空はあり得ないと言った。アリストテレスは物と物の間の空間も実は目に見えない媒体で満たされているのだ、と考えた。一方、デモクリトスは、この世界は何もない宇宙空間に浮かぶただの原子の集まりだと主張し、著書にも彼らしい辛辣な書き口で「この世には原子群と何もない宇宙空間以外は何も存在しない。あとは意見だけだ」と書いている。

物と物の間の空間を占める物は何か。その議論は二千年後もまだ沸騰していて、ニュートンは、空間は目に見えない摩擦ゼロの媒体に満ちていて、それによって運動の法則が機能する構造が形成されているのだと主張し、ライプニッツは構造を成すのは固体だけであり、その他はすべて何もない空間なのだと言った。

一方、ガリレオとトリチェリは真空が本当に存在することを実験で証明しようとしていた。筒状のガラスの容器に水（後には水銀）を一杯に入れて、同じ液体の入った盥《たらい》の中で逆さにした――すると水が落ちて容器の上部に空間ができた。空気が入り込む可能性はないから、この空間は真空に違いない。さらに実験を進めると、この真空は変化することが分かった。たとえば、気圧の低い山の上では空間は大きくなる。空間が物理的な変化の影響を受けるとなると、そこには物理的な実体があることになる。

その後数世紀にわたって科学者たちは実験を重ね、物理的な真空状態はどんどん完璧に近づいていった――それでもまだ真空が何なのかは分からなかった。原子の間には何か見えない物が介在しているが、それは「エーテル」である、つまり光や電磁場の波動を伝えるのに必要な謎の媒体が存在しているという概念が長い間続いていた。そして一八八七年に行われた画期的な実験で、マイケルソンとモーリーが測定可能な実体を持つエーテルは存在しないことを証明した。これで私のカバンを空っぽにする可能性も出てきたかに見えた。

しかし次に量子科学が登場した。これで真空という観念が根底から覆された。量子科学によって、電子などの粒子は、ある一つの場所に存在するのではなく、おそらくそこに存在しているのだろうという一つの可能性に過ぎないことが示された。なるほど、粒子も電磁場も、その存在は常にあったりなかったり変動する蓋然《がいぜん》的なものなのだ。となると、私のカバンが完璧に閉じられていて正真正銘の真空状態だったとしても、そこにはまだ電場があって、絶えずこっち向きとあっち向きに、すなわちプラスとマイナスにうねり、それに反応してクォークがそこら中で跳ねまわっていることもあるわけだ。全体的な電子エネルギーの平均値はゼロにできるかもしれないが、それでも真空エネルギー[1]は計測されることになる。

　だから完全に空になった私のカバンの中でも、量子エネルギーが渦を巻き、波動と粒子がポンと生まれては消えていっているのだ。このエネルギーは絶え間なく変動していて、それが可能な限り最低レベルに達したものを真空状態と言うが、それでもいくらかのエネルギーは存在している。

　実際、我々の宇宙は真空エネルギーの変動に過ぎないと示唆する理論もある。量子真空における粒子のように、我々の宇宙も何もないところからポンと生まれたのだ。シェイクスピアのリア王は末娘のコーディーリアに、「何もないところからは何も生まれないのだぞ」と言ったが、それは間違っていた。宇宙のこともそうだ。何もないところから何かが生まれたのだ。困ったことに、それは絶えず変動しているから、泡がはじけるようにポンと消えてまた何もない状態にもどるかもしれないが。つまりこのカバンも空になる瞬間が訪れる可能性はあるということで、宇宙もまたしかり——そしてまた別の空間がポンと生まれる。これまでに無限回数、カバンは空になり、いくつもの宇宙が消えていったのかもしれないが、それは誰にも分からない。

1

実は、今日では何もない空間には真空エネルギーが充満しており、それが作り出す圧力により宇宙は引力に逆らって拡散する傾向にあると信じられている。近年、遠くの新星が発見されるのは、宇宙の膨張が減速したからではなく、むしろ加速したことを示しているが、その原因となり得るのはこの暗黒の真空エネルギーなのである。

3.

オックスフォード大学

経済学、経営学

あなたならどうやって ロックバンドを売り出しますか？

バンドを結成したら、演奏をしてライブをやって評判が広まるのを待つ、という時代はほぼ終わった。いつのまにか影が薄くなって顧みられなくなり、忘れ去られてしまう、ということになりたくなければ、今どき組織的なマーケティング活動も必要だ。実際、音楽よりマーケティングが先行しているバンドもある、文字通りに。私が知っているあるバンドなどはマーケティング・キャンペーンを成功させ、クラウドファンディングでスタジオ代をファンから集めた——一音も発しないで——！

私たちは今、間違いなくマーケティングが支配する世界に住んでいる。二百年前に産業革命の波が世界へ広がった時には、ビジネスと言えば製品第一だった。経営者たちは「きちんと作れば売れる」と賢明な訓示を垂れた。しかし、一九三〇年代に入ると市場に製品があふれ、ビジネスは売って売って売りまくってライバルを打ち破らなければならなくなった。今日では消費者が情報と選択権を手にして、より厳しい注文をつけるようになったため、マーケティングにはますます重点が置かれている。

実際、今やビジネスの多くはマーケティングの実践とほぼ同義になっていて、消費者がいつ何を求めているのかを特定し、そのニーズに応える努力をしているに過ぎない。もはやマーケティングにはマーケティング専門のスタッフだけでなく、企画スタッフから製作スタッフまでみんなが関わ

るようになっている。私のような物書きでさえマーケティングに走っている。そして分かったのだが、たいていの出版社から物書きが求められているのは「書ける力」ではなくて「引っかける力」なのだ。ロックバンドにしても同じことが言える。

だからロックバンドを売り出す時に私ならまず第一に、ファンを「引っかける力」は何か、つまりバンド独自の売り《ユニークセールスポイント》（USP）は何かを考える。ユニークな特性を武器に、あなたが聴きたい音楽はこれだ、あなたが連れ歩きたい音楽はこれだ、あなたが買いたい音楽はこれだ、と消費者に思わせる。「引っかける力」を磨き上げなければ売り出しは成功しない。

私は今から、まったく市場に出ていない無名の新しいバンドを、大手レコード会社並みの大金ではなく私とバンドメンバーだけの乏しい軍資金でキャンペーンを張って売り出す方法を語ろうと思う。

私が売り出したいのは女性だけのヘビメタバンドで、今は「クリーナーズ」と名乗っている。ベースのスーとヴォーカルのイモが生活のためにオフィスの深夜清掃をしていて知り合ったのでこの名をつけた——そして今もまだこの仕事をしている。彼女たちの音楽は陰気だが茶目っ気たっぷりのユーモアもある。だから、本人たちの同意が得られたら、バンド名は「ナイト・シフト・ゾンビーズ（NSZ）」に変えようと思う。人間が日中に出したクズを掃除しに夜な夜な現れる（ロック）魂という意味で。

といってもゾンビはご存じの通り何の目新しさもないコンセプトだから、ここはあまり強調したくはない。私がゾンビを利用するのは、清掃員など夜間に低賃金で働く（何百万もの）若者たちをクールに見せたいからだ。中心から外れてしまったような、搾取されているような、将来の展望がないような、暗い場所へ追いやられたような気分でいる人たちの心に、そしてもちろん夜間労働者たちの心に訴えるバンドにしたいのだ。隙間市場だが、かなり大きな市場で、しかも焦点がぐっと絞られている。ＮＳＺの音楽はもともとここから生まれてきたのだから、彼女たちを何か別のものに仕立てたりせず、ただ市場をここに絞り込めばいい。

音楽がいいなら（生き生きはしていなくても）、成功の鍵はブランド作りにある。だからマーケティングに乗り出す前に、「製品開発」をしておこう。たとえば、ゾンビの清掃員だと分かるようにメンバーに容姿と服装のセンスを磨かせる、ただし、それらしく見えるように舞台衣装のような大袈裟なものではなくさりげなく。私の友人のスタイリストに、魅惑的だがほんの少し薄気味悪くもある清掃員の衣装を選んでもらおう。冴えないビジネスマンが日中に出した悲しいゴミの山と掃除用具とに囲まれた彼女たちが夜のオフィスで、ものすごくむっつりとクールに見えるようにするのだ。さらに、狙った客層から共感を得られる歌をショーケースとしてどんどん作らせる。ロックバンドというのは同種の人間に受けるから、孤立しがちな夜間労働者に仲間意識を抱かせて、このバンドが彼らの憧れの的になるようにしよう。ユーモアや皮肉も重要だ。「イエス、分かってる、夜の掃除なんてクソみたいな仕事。ミッションなんかじゃない。でもあたしらもともと冷たくなっててクールだから……」

ここまでのところで、マーケティング・アドバイザーが「ソリューション《solution》（解答）」と呼ぶものは達成できたのではないかと思う。つまり、私は市場のニーズを見つけてそれに合う商品を仕立てた。マーケティング論によると、私にはやるべき仕事があと三つある。インフォメーション《information》（告知）と、バリュー《value》（ユーザーにとっての価値、つまり価格）とアクセス《access》（このバンドの音楽を聴きたい時に聴きたいところで入手できるようにすること）。これでＳＩＶＡ（solution, information, value, access）は完成する。[1]

ロックバンドにとって、金を稼ぐことははるか先の目標だから、価格は後回しでいい。第一の目標はファンを作ることで、儲けはそれからだ。つまり、マーケティングにおける優先順位で言うと、ソリューションの次はインフォメーションとアクセスになる。もちろん後で話すように、両方ともネットに負うところが大きい。しかし伝統的な方策も忘れてはいけない。Ｔシャツやバッジやステッカーなど有形の商品もインパクトがある。ネットで読む情報はその場限りだが、こうしたグッズはいつまでも人の目に触れている。たとえば、イケてる若者がバンド名とロゴがプリントされた派手なＴシャツを着て歩けば、宣伝効果は抜群だ。

とはいえ、マーケティング活動の大部分を担うのはやはりインターネットだ。なんといっても狙った市場への伝達力は絶大だ。その第一歩として、魅力的なウェブサイトの開設に加え、フェイスブックやツイッターは必須だろう。さらに、「バンドキャンプ」や「サウンドクラウド」などの音楽配信サイトにも登録してバンドの音楽を多くの人に聴いてもらおう。聴いてくれる人は多ければ多いほどいい。「ノイズトレード」のようなサイトも上手く機能するかもしれない。利用者に無料で音楽を配信する見返りに、利用者のメールアドレスを入手できる。個人のアドレスはマーケティングにとってはお宝だ。個人に特化した売り込みというソーシャルメディアにはできない宣伝が可能となる。バンド活動の初期段階では、ソーシャルメディアよりも個人宛てのＥメールの方がものを言う。熱心なサポーターを数十人集めることができれば、その人たちが起点となってその友だちや、そのまた友だちとのネット情報網が出来上がっていく。バンドに関するソーシャルメディアやＥメール網の情報は拡散し続けないといけないので、メンバーやサポータには是非、ブログやツイッターへの投稿努力に励んでもらいたい。

さらに大事なのは、ＮＳＺに特に関心を寄せてくれそうなネットなどの情報発信元を特定して絞り込むことだ。むやみにまきちらしても時間の無駄だ。だから、ＮＳＺと同じタイプの音楽にとりわけ興味を示しているブロガーやサイト運営者やラジオ局などに接近して、まずは一人一人とできるだけ良好な個人的関係を築こう。そうすれば、彼らはこのバンドの音楽を聴いて、それを流して、活動をフォローしてくれる。今日のマーケティングも、要は顧客との、あるいは関連する団体との個人的な関係なのだ。

ライブ活動も重要になってくる。ライブはバンドの進出を促す基盤になる献身的ファンを集めるのに欠かせない活動であり、さらにニュース性があるので衆目を集めておける。

だから、固定ファンがNSZの演奏を楽しめるように可能な限り多くの場所でライブを開催しようと思う。

とはいえなによりも重要なマーケティング・ツールはユーチューブのビデオ映像だろう。金をかける必要はないが、毎日何千何万というバンドのビデオがアップされる中でインパクトを与えようと思ったら、本気で差別化を図らなければいけない。私としては是非このビデオ製作そのものもイベントに仕立てたい。それにはまず時間外で使えるぴったりなオフィスを探す。既に使われなくなったオフィスの方がいいかもしれない。そして夜間労働者にそれらしい恰好をさせて観客としてできるだけ大勢動員し、その前で演奏するNSZを撮影する。曲はユーモラスなのを一つ選び、ユーモアが最大限に生かされるように編集する、というのはユーモアこそビデオがウイルスのように拡散する鍵になると思われるからだ。清掃会社だけでなく似たような夜間労働を提供する事業者すべてに連絡をして、また、「ガムツリー」をはじめとした広告媒体の「清掃員募集」欄に宣伝も載せて、ビデオ製作への参加を呼び掛けよう。さらにあらゆるメディア関係者を対象にプレスリリースをして、このビデオ撮影を告知する。

そして私たちは波に乗る。ついにO2アリーナだ。運が良ければ、半世紀後に二〇一〇年代はナイト・シフト・ゾンビーズの時代だったと振り返ってもらえるかもしれない、今私たちが一九六〇年代はローリング・ストーンズの時代だったと振り返るように……。

1

一九六〇年にE・J・マッカーシーが4P理論――（製品《product》・価格《price》・流通《place》・宣伝《promotion》――を打ち出して以来、マーケティング論はこうした頭文字を羅列した短縮形にこだわってきた。一九九〇年にはロバート・ローターボーンが4Pを新たに4Cに変えた――消費者《consumer》・コスト《cost》・利便性《convenience》・コミュニケーション《communication》。ローターボーンは、顧客はものを買う時に「価格《price》」だけではなく、入手するのにかかる費用《cost》、ぱっとしない製品を買うことへの自己犠牲《cost》、自分の便宜のために地球に有害なものを買っているという苦痛《cost》など、あらゆるコストを考慮するのだと主張した。彼はまた、顧客は押しの強い「宣伝」に操作されて後悔もするが、マーケティングは顧客との「コミュニケーション」がとれて対話が成立すると最高に機能するとも言っている。今は多くのマーケット論者がSIVAを語る。この理論では今日のネットに長《た》けたより懐疑的な「消費者」により適合したより柔和で相互作用的なマーケティングの重要性が強調されている。

4.

オックスフォード大学

フランス語・フランス文学、哲学

ウィトゲンシュタインは常にright（正しい）ですか？

あなたがそうだと言い、私もそうだと言えば、二人は同意にいたり、それ以上なにも言う必要はない。ウィトゲンシュタインによれば、つきつめて単純にこれだと説明できる真理などはないのに、西洋の哲学者たちは、ＣＥＲＮ（欧州合同原子核研究機構）の科学者たちが粒子加速器を使って「神の素粒子」とも呼ばれるヒッグス粒子の正体を追い求めるように、真理を探究しては足止めをくらってばかりきたと言う。要は言葉のゲームであり、意味の共有の問題なのに――まあ、すべてでなくとも部分的にはそうである。それをこれから明らかにしていこうと思う。

実を言うと、ウィトゲンシュタインの思想をはじめてまともに勉強した時にはかなり驚いた。彼の思想はわけの分からない大風呂敷を広げてその中に埋没しているように思われたから、彼が二十世紀を生きた人だと知って本当に驚いた。どういうわけか私は、修道士のフードをかぶって周りの人を見下して意味不明の暗い言葉をつぶやきながら中世のドイツを歩き回っているような、聡明な錬金術師かなにかのようなイメージを抱いていた。その頃シェイクスピアを少々かじっていたので、ハムレットとヴィッテンベルクとギルデンスターンを混ぜ合わせた人物像を勝手に作り上げていたのかもしれない。[*1]

しかし、時代はまるで間違えていた（生没年一八八九―一九五一）が、そのイメージはまったくの間違いではなかった。ウィトゲンシュタインが哲学の世界に放った魅力も、最初の本を書いた後ぷいと研究活動をやめた気まぐれなところも、グレタ・ガルボチックだ――「ヴァたし一人になりたいの！」というつぶやきが聞こえてきそうだ。ウィトゲンシュタインが同席していると、どんなに優秀な発言者でも余計な言葉を言いすぎているような気になり、彼にはもっと引きこもっていてほしいと密かに願ったかもしれない。

真理についてのウィトゲンシュタインの要点は、生前に出版された唯一の哲学書『論理哲学論考』（一九二二年に英訳）に書かれている。かなり短い本なのに分かりにくいと評判が悪い。しかし、この一冊をもって従来の西洋哲学をまるごと壊滅せしめてしまったようだ。だからウィトゲンシュタインはもうこれ以上何も言うことはないと感じて哲学の研究をやめ、学校の先生になったのかもしれない。

哲学者は科学者の真似をして物事の背景にある意味――真理、精神、時間、正義、実存――を追究するという過ちを犯してきたとウィトゲンシュタインは言った。そのようなものは重要ではないし、到達できるものでもない。膝をすりむいて泣き叫んでいる子供がいても、哲学者はその子供が本当に痛みを感じているのかどうかはどうしたら分かるだろうか、と首をひねって時間を費やし、その間に母親は急いで駆けつけて子供をなだめて絆創膏をはってやる。学ばなければいけないのは明らかに哲学者の方だ。

過ちは、そのような問題に哲学で答えが出せると思うこと自体にある、と彼は主張した。言葉に意味があるならその言葉に結びついた物事があるはずだ、という誤った言語観も過ちを引き起こした一因だ。哲学者は「実在とは何か?」とか「正義とは何か?」とか「精神とは何か?」と尋ねては、その正体を論理で探り当てようとするが、当然見つからない、なぜならそれはただの言葉に過ぎないから。だから哲学は何世紀もの間実りのないまま探究を続けてきたのだ。しかし、もし言語はさまざまに変化するもので、言葉は特定の状況で意図された意味しか持たないということを念頭に置いておけば、問題は消える。だからもしウィトゲンシュタインは「正しい《right》」と言う時に、その文脈の中で意図された「正しい《right》」の意味さえ理解していれば、それ以上なにも言う必要はない、ということになる。

確かにウィトゲンシュタインは、論理は真理の究極の権威者であるという考えに疑問を投げかけた。2+2=4は究極の真理ではなくて、数学的に意味があるだけだと彼は主張している。もし、2+2=97と言ったとしても、それは間違いではなくて、無意味《ナンセンス》なだけだ。哲学の仕事は、こういう無意味なことをみんなに知らせることだ。

命題が論理的に正しいか間違っているかに結論を出したところで、まるで意味がない、なぜなら言語には他に有意義な使い方がたくさんあるのだから、とウィトゲンシュタインは言っている。こんなことはどうでもいいつまらない意見に思えるだろうとウィトゲンシュタインも認めているが、ここが肝心なのだ。哲学は「私たちに新しい事実を教えるのではない、それをするのは科学だけだ。しかし、こうしたどうでもいいつまらないことを一覧表にまとめるのは相当難しく、非常に重要である。実は、哲学とはどうでもいいつまらないことの一覧表なのである」とウィトゲンシュタインは書いている。

その後、死後出版された『哲学探究』の中で、ウィトゲンシュタインは「言語ゲーム」について語っている。人は言葉で遊び、文脈によって言葉を使い分ける。言葉とはその場のルールでさまざまに変化していく意味のアサンブラージュ《寄せ集め》であることを人は学ぶ。重要なのは言葉の使われ方であって、意味ではない。一口に悪いボール[*2]と言っても、クリケット選手にとっての意味と社交界の淑女たちにとっての意味はまるで違うものになる。どちらも究極の真理には至らない、使い方が違うだけだから。

ウィトゲンシュタインはアヒルとウサギのだまし絵についても語っているが、この有名なだまし絵は一八九二年にドイツの雑誌『フリーゲンデ・ブレッダー』にはじめて掲載された。ウサギのように見えた絵が、突然アヒルであることに気づく。そして、その逆のこともある。どちらも正しくもなければ間違ってもいない。単に、見方が違うのだ。

ウィトゲンシュタインは、詩や音楽や美術の方が科学や哲学以上に人生の意味を教えてくれるのに、その貢献度は軽視されていると示唆していたとも言える。なるほど、彼にとって哲学は科学的探究より詩的探究に近かった。となると、「正しい」詩というものがあり得ないのと同じように、正しい哲学はあり得ない。しかしだからと言って大きな力や意味がないと言っているのではない。

ウィトゲンシュタインは一九五一年に死んだが、その後彼の評価はずっと揺れ動いている。当初は彼の思想は広く拒絶されたが、それももっともだ。西洋の最高峰を誇る思想家たちの中にはその思想が彼の発言によって棄却されそうなものもあったのだから。と同時に、その表現があまりにも漠としていて多くの人にはまったく理解できなかったから、あるいはわざわざそこへ分け入ろうとも思わなかったから、という理由もある。しかし近年になって、彼の思想には新たに関心が寄せられている。

「存在するべき（to be）か、すべきでない（not to be）か、それが問題だ」とハムレットは問題提起をした。ウィトゲンシュタインなら、それはその人がどう理解するかの問題であると言っただろう。面白いことに現代のイギリスを代表する劇作家トム・ストッパードは、ウィトゲンシュタインの思想に触発されて『ドッグ先生のハムレット、カフート氏のマクベス』という独創的な喜劇を書いた。劇中では学校の生徒たちが『ハムレット』のリハーサルをしているのだが、ほとんど理解できていないから外国語も同じである。実は生徒たちはドッグ語という、同じ英単語なのに通常とは違うものをさす言語を話している。芝居には『哲学探究』をもとにした場面も描かれており、舞台セットを建てている人が助手に「板」「柱」「梁《はり》」などを持ってこいと言うと、助手はその言葉の意味が分かっているかのように要求されたものを持ってくる。しかし、本当は言葉の意味するものではなくて、何を持っていくのかが分かっているだけで、「板」「柱」「梁」という言葉はそれらを運び出すきっかけ《キュー》でしかないのかもしれない。となると「板」「柱」「梁」は、「一」「二」「三」

でもよかったわけだ。だから、「ウィトゲンシュタインは常にrightですか？」と聞かれたら、私としては「いいえ、彼はときどきleft[*3]なものになります」と答えてもいいのかもしれない。

＊1　シェイクスピア作の悲劇『ハムレット』で、ヴィッテンベルクはハムレットが在籍する大学のある都市であり、ギルデンスターンは彼の幼なじみとして登場するが、それぞれ英語の綴りはWittenbergとGuildensternで、これを混ぜ合わせるとウィトゲンシュタインWittgensteinの綴りに似る。
＊2　ballには「ボール・球」の意味の単語とは別に、「舞踏会」の意味の単語がある。
＊3　rightには「正しい」「右」などの意味があり、leftには「左」の意味のほかに、leave「残す」の過去分詞形の働きもある。

5.

ケンブリッジ大学

工学

コンピューターはどれだけ小さくすることができますか？

これは、コンピューター工学者の心にずっとあった大きな課題である。手短に答えれば――とても、本当にとても小さくできる。二〇一三年には既に、砂粒ほどの大きさで完全に機能するコンピューターが現れた。緑内障の状態をチェックするために目の中へ入れるように考案されたもので、このことから、聖書に出てくる目の中の塵[1]にちなんで、「マイクロモート（塵）」とちょっと気の利《き》いた名前が付けられた。これは処理能力《プロセシング》やデータ保存だけでなく無線通信の機能まで備えており、目に入ってくる太陽光エネルギーで作動する。

その後、ＥＵの「ピコ－インサイド」プロジェ

クトチームが、単純でこれよりも劇的に小さい論理ゲートを作成した。これは、トランジスタ十四個分の論理処理能力を持ちながら、たった三十個の原子で構成されている。つまり、どんな光学顕微鏡でも見ることができないほど小さいどころか、どんなに強力な走査トンネル型（電子）顕微鏡でも原子間力顕微鏡でも見ることができないほど小さいということだ。となると、例の「塵」の中に百京（十の十八乗）個くらいの小さな処理装置を組み込めることになる！

さかのぼること一九六〇年代、コンピューターの開拓者にしてインテル社の創業者、ゴードン・ムーアが注目すべき発言をしている。一九五八年には二個のトランジスタがシリコン結晶内部の一個の集積回路の中で結合して最初の「シリコン・チップ」が完成していた。それ以降、一個のチップの中に組み込めるトランジスタの数は毎年倍増していくだろう、とムーアは言ったのだ。以来、一年ごとに「ムーアの法則」に従って、電子機器の大きさは縮んでいった。

近年、縮小化はペースを落とし、トランジスタの数も二年で二倍のペースになった。それでも、この縮小化のおかげで、今日我々が自由に使えるような驚くべき「スマートな」機器が実現してきた。つい最近までスーパーコンピューターにしかなかった処理能力を備えたタブレットPCや電話機などがそれだ。縮小化はもう限界に達したと誰かが仄めかすたびに、コンピューター工学者は電子をさらに小さな空間に絞り込むことに成功してきたようだ。

そうなると問題は、この縮小化はどこまで可能なのだろうか、ということだ。また、こうも思われる。どうしてより小さなものを求めるのだろうか？

既に、従来のトランジスタの行きつく限りのところに近づいているように思われる。ナノメートル（十億分の一メートル）のサイズにまで縮小した。これはウイルスのサイズと同じだ。しかし、これ以上先へ行くのには問題がある。トランジスタは電子の流れに対し「門」が開いたり閉じたりして機能している。電子を通したり遮断したりするために切り替え可能な「半導体」で出来ているわけだ。ところが、この遮断機《バリア》が一ナノメートル（nm）の大きさにまで縮小されると、量子効果、特に、量子トンネル効果が起こってしまう。これは、電子が遮断機を、そこに遮蔽物がないかのように通り抜けてしまうことを言う（実際には「通り抜ける」のではなく、ただ遮断機の手前で消えてしまい、反対側で再び現れる現象なのだが）。もし、量子トンネル効果が起きて電子を遮断できないのであれば、トランジスタは機能しないことになる。現在最小のトランジスタは直径三十ナノメートルなので、まもなくこの限界に達するであろう。

トランジスタはコンピューター機能の要となる論理ゲート（すなわち、イエス／ノー、アンド／オア、0／1）を供給する。もしトランジスタがその限界に達したら、量子効果の制限を回避するような何か他の方法で論理ゲートを作ることは可能だろうか？　それこそ今「ピコ－インサイド」チームや他のいろいろなチームが取り組んでいる課題である。彼らはますます多くのコンピューター機能をますます小さな空間に絞り込む代わりに、ボトムアップ方式で、つまり、原子から少し《一ビット》ずつコンピューターを、量子効果によって妨げられずにむしろこれを利用する形で作っていけるかどうか、模索しているのだ。このようなコンピューターを作製するために、彼らは原子間力顕微鏡を使って原子をぐるぐると移動させて、しかるべき位置にはめ込む作業をしている。これまでのところ、三十個の原子から成る論理ゲートだけでなく、原子を集めて車の車体、ギア、車輪、モーターにあたるものまで、それぞれ一個の分子で構成されているパーツを作ってきた。少しでも実用的なコンピューターに近いものを作り上げるのはまだまだ遠い先のことだろうが、可能性があることははっきりしている。

これらのナノコンピューターに伴う問題は、処理機能よりも、周辺装置にある。動力源はどこから得るのか？　熱を持たぬようどうやって冷ますのか？　他のデヴァイスにはどうやって接続するのか？　分子一個のサイズのコンピューターを作ったところで、データを送るのにその一兆倍も大きなワイヤレス拡張機器が必要になったり、さらに大きな太陽電池やバッテリーが必要になるなら、意味ないではないか。それにもちろん、太陽電池は暗いところでは機能しない。そうなると、ナノコンピューターを現実のものにするには、まずはこういう問題を解決しなければならない。

トランジスタによる単純な論理ゲートという概念を捨てて「量子コンピューター」という発想を持ちだすことで、ナノコンピューターよりもはるかにドラマチックな展開が期待できそうだ。この場合の目的は、小さいコンピューターを作ることではなくて、量子効果を逆手にとって利用することだったが、その結果、超高速スピードが達成されるのだから、結局は同じことになるのかもしれない。そして、量子コンピューターを作るためには、とにかく量子効果が起きるレベルで、つまり、原子や電子、さらには光子のレベルにまで技術を広げなければならない。量子コンピューターがもし作れたら、原子や亜原子粒子を処理ユニットに利用できることになる。

どういうことかと言えば、従来のコンピューターにおけるビット、すなわち、０か１かを見分ける情報素子ではなく、量子ビットあるいはキュービット、すなわち、０か１かだけではなく、量子効果によって同時にそれらを重ね合わせた状態も取り得る情報素子を用いることが可能となるわけだ。従来のコンピューターでは、計算を行う際、ビットが起こり得るすべての可能性を順次《シーケンシャルに》追うことになる。キュービットを用いれば、これらの同時試行が可能となる。つまり、一台のコンピューターが複数の問題を並行して同時に解くことによって、一つの問題については従来のコンピューターよりも何百万倍も速く解けるということである。

カナダの「Dーウェーヴ・システムズ」社は自称世界初の商業用量子コンピューターを発表して、二〇一四年にはそのコンピューターが『タイム』誌の表紙を飾った。「Dーウェーヴ」と名付けられたそれは大型洋服ダンスほどのサイズで作動している――だが、これが実際に量子コンピューターなのかどうかはまだ誰にも判断できない。このようなコンピューターがどのような役に立つのかも誰にも分からない。これまでのところ、超高速計算をこなすことで銀行が金融取引において他社を出し抜くことができると言われてきた。確かに商業的な価値はあるかもしれないが、人類にとっての全般的な価値となると、まだはっきりしてはいない。

これが小型コンピューターにまつわる問題の一つである――目的は何か？　超薄型携帯端末でさえ家のどこに置いたか分からなくなってしまうのに、どうして砂粒サイズのコンピューターが欲しいのか？　これには少なくとも二つの理由がある。

一つは、現在手持ちの携帯端末と同じサイズのデヴァイスでもコンピューター機能が劇的に増大し、今はできないさまざまな素敵なことができるようになるからだ。もっとも、これは間違った考え方だと言う批評家たちもいる。個々のコンピューターの能力を増大させる必要はない。その代わり、接続性を高めればいい。クラウド・システムのように、みんなが一つのネットワークに接続してその機能を同時に使えるようにすればいいのだ。そうすれば、個々の端末の能力はすごく小さくて済む。「クラウド」に接続してその能力を使えばいいのだから。

二つ目の理由は、ナノコンピューターを使えば物事をナノスケールで操作できるようになるからだ。もっとも楽しみなのは人体内での可能性である。既に、目の中で作動する「塵（モート）」のことは話した。ナノコンピューターなら、血流をチェックしたければ血管に挿入することもできるだろうし、他にも即座に診断を下したい場合に役立ちそうだ。一つの超小型コンピューターでは大したことはできなくても、一個の錠剤の中に多量のナノコンピューターを詰め込めば、血中コレステロール値を下げたり、内々で素早く働いて腎臓結石を除去したりしてくれるかもしれない。

有機微分子の力を利用して、生物細胞の中で作動するような生物分解性コンピューターを作ることを考えている科学者たちもいる。これなら癌細胞を非活性化させたり、特定の細胞に薬物を届けたりすることも可能になるかもしれない。

我々の肉体を、想像もできないほど小さなコンピューターの群れが、絶えず内側から修復し続けるという構想は、いささかぞっとするものの、魅力的だ。もし実現すれば、医療現場における驚異の大躍進と言えよう。それに、ナノコンピューターは他にも、パイプを内側から掃除したり分子単位で薬品を組み立てたりと、多くの分野で活用できそうだ。

これらはまだ幾分先のことだし、このようなデヴァイスを組み立て、起動させ、互いに接続させるにはまだかなりの問題が残っている。しかし、六十年前はどうだったか？　今日コンピューターはこんなに小さくなって機能もアップし、たとえば小さな電話機で世界のほぼどこからでもインターネットに接続できることを私たちは当たり前だと思っているが、それを当時誰に想像できただろうか。

私自身は、そろばんより小さくて複雑な計算機さえ作れないが、できる人はいくらでもいる。だが、もっといいことを思いついた。私にも製作に参加できそうなコンピューターが、しかも、世界で一番繊細なコンピューターがあった――人間の脳だ。完全に成長したとしても、人間の脳はその能力のわりに驚くほど小さい――しかもそれは最強の能力だ。

ねえ、ダーリン、今夜二人でスーパーコンピューター作りに励んでみないかい？

1

「なぜ、兄弟の目にある塵（モート）を見ながら、自分の目にある梁を認めないのか」
（「マタイによる福音書」第七章第三節）

6.

オックスフォード大学

歴史学

どのように革命を起こせば成功するでしょうか？

もしメディア・コメンテーターや学者たちを信用していいなら、アラブの春からウクライナの欧州広場《ユーロマイダン》（かつての独立広場）にいたるまで現代の革命を推し進めるのはソーシャルメディアである。本当にそうなら、革命家になるのもわりと楽な仕事だ。暗い戦闘服を着る必要も、身体中にアナーキーなバッジをつけたりタトゥーを入れたりする必要も、難解で威嚇的な論文を書く必要も、爆弾の作り方を教わる必要もない。私の革命を軌道にのせるには、自宅でパジャマ姿のままノートパソコンを開き、ツイッターのアカウントを開設して「#vivelarevolution！（革命万歳！）」とハッシュタグをつけてつぶやけばいい[1]。

しかし、まずは革命の目的を決めなければいけない。日常的な小さな変化でも革命と言えるかもしれない。新しい洗剤を売り出す時に、革命的な洗浄力と宣伝することもある。しかし、どうせなら大きく出よう。グローバル資本主義を覆して、世界中に小規模な人民による社会主義を普及させよう。グローバルな大手企業や金融網や実体のないNGOから権力と金を取り上げて、それを地域社会のコミュニティで分け合えるようにしたい。では、どのように取り掛かるか？

ロシアの社会主義者たちが帝政を倒してマルクス主義革命を推進しようとした時には、残念ながら革命の方法を巡って二派に分裂してしまった。一つは、草の根運動を確立して徐々に仲間を増やしていこうという漸進的手法を目指したメンシェヴィキである。もう一方はレーニンが一九〇二年のパンフレット「何をすべきか」で唱えたボルシェヴィキで、断固たる姿勢の少数の革命思想家がリーダーとなってただちに権力の舵を取り、民衆を導いていこうというかなり急進的な手法だった。[2]

ボルシェヴィキには大いに共感するところがある。なんといってもグローバル資本主義が生み出した問題には早急な解決が迫られているのだから。今日、この場で、変えなければいけない。これ以上は餓死する子供を一人たりとも、貧困で苦しむ人を一人たりとも出してはならない。しかし、ボルシェヴィキのような手段による変革の前例を見ると、あまりハッピーではない。フランス革命の恐怖状態も、スターリン時代のロシアのすさまじい大粛清も、毛沢東政権下の中国での受難も、それらをもたらしたのは自分の大義は正しいと信じるあまり反対意見を容認できなくなった男たち（ほとんどが男性）だった。

確かに、そうした基盤に立って推進された数多《あまた》の革命が行き着く先に待っていたのは流血と苦痛だけだったが、それも必然だ。と言うのも、誰が権力の舵を握るのかを誰が決めると言うのか？　フランス革命の最初の勝利にイギリスの急進派やロマン派が酔いしれていた頃に、アイルランド出身の政治哲学者エドマンド・バークは、政権を転覆させても待っているのは派閥間の闘争と権力の空洞化であり、その空洞はやがて軍事的独裁政権で埋められるのだ、と予測していた。彼の予測が正しかったことは、ナポレオンやスターリンをはじめとした独裁者たちの登場によってその後何度も証明された。

　私にもトップダウン方式で革命を起こせるかもしれないが、成功して永続するとは思えない。成功のカギは圧倒的な大衆の支持によるダウンアップ方式にあると私は信じている。[3]とはいえ、大勢の人を仲間に引き込むには大変な労力がいるから、たいていの革命家志望者は敬遠してしまう。特に現体制ががっちりとあらゆる権力の手綱を握っている時は。早急に変革をもたらす必要があって、どうしても革命を成功させたいなら、こちらも手綱を引っ張り返すしかないという気になる。ただし、引っ張る方向は別にして。

　しかしここが忘れてはいけない肝心な点だが、革命は私一人で起こす必要はないのだ。私がすべきことは、私の考えをみんなと共有し合うことだけだ。多くの人が同調してくれれば変化は訪れ、勢いがついて誰にも止められなくなる。七十億人中のたった一人では、変革をもたらすには無力で孤独過ぎる。しかし、素晴らしいヴィジョンを打ち出せば、ものすごく多くの人たちの間に瞬く間に広まる可能性もある。

　一九六〇年代に、アメリカの心理学者スタンレー・ミルグラムは「六次の隔たり」という説を打ち出して有名になった。人はみな知り合い同士で繋がっているから、六回紹介してもらえば誰にでもたどり着けるという理論である。つまり私は数人と出会ってその人たちに自分の考えの正当性を徹底的に納得させればいいだけで、そうすればその人たちが知人を説得してくれるというわけだ。こうして私の考えは人から人へ、もちろん、電子技術を使った媒体の力も借りて、驚くほどの速さで伝播していく。現時点で一つ問題なのは、私の考えはまだ説得力に欠けるということだ。

人伝《ひとづて》作戦を行うと同時に、他の説得策も講じよう。作家の身としてメディアの誘引力は分かっているから、書籍やテレビに限らず、ユーチューブやツイッターその他のソーシャルメディアをすべて活用して私の考えを広める道を探っていく。しかしこれは容易ではない。というのは、メディアでの大々的な宣伝活動は、今まさに私が立ち向かっている現体制の手でかなりコントロールされているのだから。そこで他の道を探る必要が出てくる。

既に検証済みの信頼できる方法の一つとして、ニュース性の高いイベントの企画がある。都市の重要な広場を平和的に占拠するのもいいだろう。カイロのタハリール広場やキエフの欧州広場でのデモは当初数千人規模のものだったが、どちらも世界的な注目を集めて変革を早めることになった。ニュースで騒がれて、さらにソーシャルメディアの注目が激しくなったからなおのこと無視できなくなったのだ。この二つの改革の成否はどちらもまだ予断を許さない状況だ。もちろん、デモ隊の占拠はシリアその他の多くの国では危険を伴うこともあれば、最初からあり得ないこともある。しかしソーシャルメディアの力を借りればこのようなアクションは間違いなく起こせる。

しかしそれでもグローバル資本主義を転覆しようという私の目的は曖昧過ぎて人々の共感を得られないだろうし、比較的住み心地のよい「先進国」でこのようなことを言い出したら大多数の人は賛同するより困惑して口をつぐむだろう。それは二〇一一年にはじまったオキュパイ運動でも証明されている。

だからまずは私の考えを広めて、十分な数の人に今が変革の時であることを納得させよう。そして悠長なことを言っていられなくなったら、催眠術師を雇って、G20サミットやビルダーバーグ会議や国連などの重要会議で演説をさせ、集まった政財界の人たちに暗示をかけてもらおう――「邪悪なグローバル資本主義を世界から永久に追放しようという緩やかな革命のヒーローになれば、あなたはもっとずっと幸せになれる」。いや、とにかくまずは私が政財界の大物一人一人に説得のための長い手紙を書くのがいいかもしれない……。

1　ソーシャルメディアは近年の動乱では確かにスポットライトを浴びている。二〇〇九年のイランの抗議行動は「フェイスブック革命」、二〇一一年のチュニジアの動乱は「ウィキリークス革命」、二〇一一年のエジプトの革命は「ツイッター革命」と呼ばれ、そしてウクライナのユーロマイダンも同じような異名を持っている。

ソーシャルメディアは進行中のニュースを伝えたが、それは従来型のメディアではカバーできないものだった。一人一人が自分の話を伝え、それに大勢が引きつけられた。思想や意見を分かち合うこともできた。カイロのタハリール広場に集まった人たちのように、ソーシャルメディアのおかげで抗議者たちの間にはより素早く協調性が生まれた。ある調査機関によれば、エジプトのフェイスブック利用者はあの抗議デモ開始後三か月で二百万

2

人にのぼり、アラブ社会全体ではあの時期にフェイスブック利用者が二倍になったそうである。

しかし、この質問では革命を「成功」させる方法を聞いており、ツイッターやフェイスブックを革命の原動力としようという考えに限界があることはすぐ明らかになる。まず第一に、これらの所謂ソーシャルメディア革命の成果は実に多岐にわたっているために、評価そのものも難しい。チュニジアだけはスムーズに新しい自由体制に移行して民主的な政府が樹立されたが、エジプトはまだ移行期にある。シリアの内戦はソーシャルメディアを活用したにもかかわらず解決に近づいてもいない。そして今まさにウクライナのユーロマイダンの未来は、ヴァーチャルではない現実そのものの脅威、つまりロシア軍の侵攻により危険にさらされている。

興味深いのは、ソーシャルメディアによる一大イベントとして見ると、二〇一一年のエジプトの革命は成功したと言えることだ。ソーシャルメディアのおかげで占拠活動に直接参加していない大勢の人々も深く関与している気持ちになれた。世界中で何百万もの人がソーシャルメディアでタハリール広場の占拠をフォローし、ニュースを聞いただけでは味わえない充足感、連帯感を味わった。その一方で、占拠開始後からたった十八日目でホスニ・ムバラクを退陣に追い込んだ時にはハッピーエンドのクライマックスに向かっていくテレビドラマを見ているようなところもあった。しかし軍部が再び権力を握り、初めて選挙で選ばれた大統領ムハンマド・ムルシ氏がまだ公判中であるなど、その後エジプトはさらなる混乱状態に陥っているのにソーシャルメディアでのフォローがめっきり減ったことなどを考えると、これを成功したと評価するのはさらに難しくなる。

一九一七年のロシア革命で改革を主導していたメンシェヴィキは、革命は自由主義のブルジョアと民主主義的資本主義から始めなければいけないと信じていたが、間もなくレーニンと彼の先鋒者たちが率いるボルシェヴィキに一掃されてしまった。一九二四年にレーニンが死ぬと、理論的議論はスターリンの主張する「一国社会主義論」（ロシアを急激に工業化することで西洋の資本主義諸国のレベルにまで引き上げようという考え）と、トロツキーが革命を持続させる唯一の方法だと主張した「永続革命論」（社会主義革命を世界に広め後戻りできなくするという考え）との間の争いとなった。しかし周知の通り、スターリンの勝利とトロツキーの失脚は理論とはほとんど関係なかった。

3

歴史上長い間、そもそも革命は成功しないとされていた。革命は災厄であり、世の中の秩序の崩壊であり、何があっても避けるべき無秩序状態への転落、つまり世界がひっくり返ることだった。といっても革命が起きなかったという意味でも、世の中が良い方へ変わらなかったという意味でもない。古代にも、今の私たちから見れば革命と呼べる政変はあった。ユリウス・カエサルのように、統治者が背伸びをし過ぎて失脚した例がある。しかし革命の支持者たちでさえその転落ぶりを明るい未来へ向かう輝ける扉ではなく、無慈悲な必然と見ていた。

革命とは、瀕死の体制、あるいは暴君の治世を過去に葬り去り、より文明化されて公平な世界へ向かって人類が踏み出す精力的な一歩である、と多くの人が考えるようになったのは十七世紀半ばになってからだ。カール・マルクスは、当然、革命は人類の進歩において究極的な必然だと主張した。これまで学者たちは言葉の限りを尽くして、十七世紀から二十世紀の間に起こった革命（特に一六八八年のイギリスの「名誉革命」、一七六三年から八三年にかけて起こったアメリカの独立革命、一七八九年のフランス革命、一九一七年のロシア革命、そして一九二七年から四九年にかけての中国での革命）の引き金となったものを分析してきた。さまざまな解釈が試みられてきたが、これらの革命は機が熟したから起きたというのが大方の意見のようだ。言い方を変えれば、変革を受け入れようという人、あるいは是非変革を起こそうという人が、それも適切な人が（どういう意味であれ）少なからずいたということだ。

7.

オックスフォード大学

近代学科（PPE＝哲学、政治学、経済学）

美しい女性が三人全裸であなたの前に立っていたとしたら、あなたは誰を選びますか？　また、これは経済学になんらかの関係がありますか？

なんとばかばかしい、しかも女性蔑視もはなはだしくて腹が立つ質問だ！　要点をはっきりさせるためにわざと挑発的になっているのだと私は考えることにする。このような質問をしようと思うこと自体、経済学に、あるいは経済学者に、特に仮想ゲームに置きかえて人間の選択を迫るという歪んだ経済的思考に深く関わりがある。

アダム・スミスが一七七六年に大著『国富論』を発表して以来、選択という概念は常に経済理論の中心にある。選択は自由市場論理のまさに本質だ。もし自由にしてよければ市場は常に拡大して適正な量の商品を生産する、なぜなら市場は選択という手段によって表現される見えざる自己利益に導かれているからである、とスミスは主張した。

もし自由選択の道が人々に与えられていれば、経済と社会にとってそれは最高の結果を生み出し、人々の幸福と安寧を最大化させるというのがこの理論である。二十世紀になると、ミルトン・フリードマンやフリードリヒ・ハイエクら経済学者たちが、何がもっともあなたの利益になるかをあなた以上に知る人はいない、だからあなたの選択を誘導しようという試みは、たとえば国家による財源の配分などは、すべて失敗する運命にあるのだ、と論じた。彼らの提唱する自由市場によると、あなたは何を買うかの選択に留まらず、自分の人生をどう生きるかの選択もできることになる。

　選択の効果を数学的に明確に定義しようとして、戦後、特にアメリカの経済学者たちは合理的選択理論を展開した。この理論では、みんなが「自己の効用を最大にする」ことが大前提である。つまり私たちはみんな自分にとって一番いいものを手に入れることに全力を注ぐという意味だ。別の言い方をすれば、人生における私たちの選択はすべて自分の利益や内なる欲望（ここでやっとこの質問と重なってきた）の合理的追求である、ということだ。

　この理論を使うと、市場の選択を数学的にどう分析して予測すればよいのかが見えるので、これは二十世紀後半の経済的思考の大勢を支え、そこから影響力の大きい理論がいくつも生まれた。

　その一つが、ケネス・アローの社会選択理論だ。アローは十八世紀の政治思想家コンドルセ侯爵の「三者間の投票の逆理」[1]を用いて、意見の一致を見るのは不可能であること（「不可能性定理」）を導いた。だから政治的決定は、どれほど善意にあふれたものでも個人の自由への押しつけになり、市場原理だけが有効な社会選択を可能にするのだとアローは言っている[2]（選択肢が三つということで、またしてもこの質問と重なる[3]）。

　合理的選択理論から生まれた理論の例としてもう一つ、ゲーム理論をあげよう。これは、人の選択を数学的に見分けようという理論で、選択を命がけで競い合う二人のプレイヤーによる戦略ゲームのようにとらえるものである。合理的選択理論の中でもこれはかなり抽象的で純粋に数学的な考え方で、日常の買い物の仕方から動物の進化に至るまであらゆる選択に当てはめられてきた。「囚人のジレンマ」などはその典型だ。別々に収監されている犯人の片方が、共犯者の罪を告白したら刑期を短くしてやろうと言われる。この理論によると、唯一の合理的選択は、どちらも相棒の罪が重くなるのを分かった上で密告することである。

ここに一つ大きな問題があった。「囚人のジレンマ」のようなゲームを実際の人間を使って再現しようと科学的実験を行ったところ、人は滅多にそのようには行動しないことが判明したのだ。たいていの人には生まれつき公正と信頼の意識が備わっているので、計算ずくの自己利益だけに基づいた選択はしない。ということだから、この質問（私がどの女性を選び、彼女がどう反応するか？）で示唆されている類のゲームも現実の行為とほとんど関係がないわけだ、よかった。

合理的選択やゲーム理論が描き出す私たち人間の姿は本来の姿とはかけ離れていておかしい。まるで個人の動物的欲求にだけ突き動かされる計算高い論理的なロボットのようだ。しかし実際はとても複雑な生き物で、それはほんの一面に過ぎない。人は完全に理にかなった行動をとることは滅多にない。その一方で、社会的動物であるから他人との関係を上手く構築していく必要があり、自己満足を得るよりそちらを優先することもある。だから、たとえば意見の一致は可能であるだけではなく、皮肉なことに、必要でもあるのだ。

しかし、驚いたことに、経済理論や政策といった複雑な体系がいつも基にしてきたのは、合理的選択理論や、この質問にあるような稚拙な選択ゲームだった——人間の実際の行動様式とはほとんど似ていないのに。このような理論が一九八〇年代、九〇年代の市場開放や市場緩和を後押しして、経済的模範を作って政策を先導し、ついに二〇〇八年に世界的大暴落という悲惨な結果に至ったのだ。それ以来、アメリカ連邦準備制度理事会の元議長アラン・グリーンスパンら合理的選択理論を擁護した偉大な経済学者たちは自分たちははなはだしい過ちを犯していたと認めている。そして、近年では「行動的」経済学者たちが合理的選択理論の正当性に異議を唱えはじめている。

一番の問題は、三人の全裸の女性から一人を選ぶというような質問に答えを出すことが、あるいは出そうと試みることが、実生活で私たちが行う選択の説明になると信じている経済学者がまだ大勢いるということだ。経済学者の中には現実から遠く離れて、アカロフの「レモン市場」理論（もともと中古車購入に関して考えられた理論）との関連を語る人もいるかもしれない。「レモン市場」とは、買い手が中身を把握できないまま選択を迫られる市場のことだが、この質問では女性の衣服が取り除かれているからそういうジレンマは避けられるように思われる。この理論を用いた場合の結論は、三人のうちでもっとも美しい女性を選ぶ、となる。また、中には「ヘドニック価格法」や「体験型商品」（実際に使用して初めて内容の情報が十分に得られる商品）の観点から話をする経済学者もいるかもしれない。

このようにあれこれ思考を巡らすこと自体はなはだ不快だ。こういう質問に有益性を見出せるのは（ふつう男性の）経済学者だけだろう。このような奇妙な仮説上の設定に対する答えとして、私はまず、これは正当な経済学の手には余る複雑で微妙な意味に富んでいると言いたい。そして第二に、この私が奴隷売買のごとく女性を一人「選ぶ」ことのできる人間だと思われるのは非常に心外であり、この件に関して渦中の女性たちにも意志や影響力があると考えないのは愚かにもほどがあるが、この質問はそうしたことへの配慮が一切なされていない、と言いたい。

というわけで私としては、この面接官は従来の経済学や「囚人のジレンマ」の愚かしさに異議を唱えさせるために私を挑発したのだと考えるつもりだ。もしそうでなくて、このシナリオが大真面目の本気だとしたら、私はただ不合格ということになるのかもしれない。そして、唖然として突っ立っている三人の女性の嘲笑を買うのかもしれない、なぜなら私は経済理論をこねくり回しているだけでせっかくのお楽しみのチャンスをふいにしてしまったのだから……。

1　コンドルセは三者間の選挙戦では、結果がデッドロックに陥りやすいことを指摘している——この場合、誰が勝っても有権者の三分の二は別の人を望んでいることになるだろう。

2　「資本主義民主国では社会選択を行い得る方法が二つある——一つは投票、これは概して

3

政治的決定をするのに用いられる。もう一つは市場原理、これは概して経済的決定をするのに用いられる」——ケネス・アロー『社会選択と個人的評価』（一九五一年）

ゲーム理論はハンガリーから米国に移住した極めて優秀な数学者ジョン・フォン・ノイマンが考案したものだが、彼は後にキューブリック監督の映画に出てくる常軌を逸した原子力科学者ストレンジラヴ博士（『博士の異常な愛情』の主人公）のモデルになったと言われている。フォン・ノイマンは一九二八年にこの理論を考案したが、注目されだしたのは一九四六年にオスカー・モルゲンシュテルンとの共著『ゲーム理論と経済行動』が出版された後のことである。この著書を執筆中、彼は原子爆弾開発のマンハッタン・プロジェクトにも関わっていた。

8.

オックスフォード大学

フランス語・フランス文学、スペイン語・スペイン文学

像は動けると信じますか？信じる場合それをどう正当化しますか？

イエス、像は確かに動ける。たとえばミロのヴィーナスはどうだろう？　あの精巧な像は、約二千百年前に現トルコ領のアンティオキアで古代ギリシャの彫刻家アレクサンドロスが彫ったとされているが、一八二〇年にミロ（メロス）島で発見され、現在はそこからはるか離れたパリのルーブル美術館にある。第二次世界大戦中は戦火を逃れるためにフランス中部のヴァランセへ疎開した。彼女がアンティオキアからミロへ移動したのは自分の意志ではないという証拠はないから、そうではないとは誰にも言えない。

フランスには「自由の女神」の四分の一サイズのレプリカがある。ミニサイズの自由の女神はもともと一八八九年にセーヌ川の中洲「白鳥の島」にエッフェル塔と向き合うよう東向きに設置されたのだが、一九三七年のパリ万博の折に、ニューヨークのオリジナルと向き合うように西向きに変えられて、今日に至っている。

だから当たり前の話だが、像は人間の力を借りれば動ける。しかしまったく人の手を介さずに動くこともある。地震、火山の噴火、地滑り、洪水、嵐、あるいは竜巻が起きたり、

象の群れが突進したり、キクイムシが土台に甚大な被害を与えたりすれば、それが誘因となって動くこともある。また、自転しながら太陽の周りを回っている地球に乗って永遠にかなりのスピードで運ばれていることを考えると、じっと留まっている像はないということになる。もちろん動きは相対的なものだから、地面に対しては動いていないとも言える。しかし、像を形成している原子が動いている以上、太陽が消えて気温が絶対零度になるまでは完璧に静止することはない。確かに、動かない像を見つける方が奇跡だ。

以上のことから像が物理的に動けるのは間違いない。さらに感情的に動かすこともできる。ベルニーニの有名な彫像「聖テレサの法悦」は、その崇高でセクシャルな力で多くの人の心を揺さぶりローマへ誘う。フランスの巨匠オーギュスト・ロダンの彫像「カレーの市民」は、これをロダンが台座無しで展示するように言った時にはカレー市の議会を怒りに駆り立て、ロダンの希望を無視して市議たちが台座の上に設置した時にはロダンを怒りに駆り立てた。

しかしおそらくこの質問の核心は、自らの意志で動く像の話には昔から妙に魅力があるということではないかと思う。もちろん、命を吹き込まれた像が登場するフィクションもたくさんある。オウィディウスの書いた彫刻家ピュグマリオンの物語はもっとも有名だろう。ピュグマリオンは自分が彫った美しい乙女の像に恋をしてしまい、アフロディテの神殿へ行って、ガラテイアと名付けたその彫像のような乙女をお授けくださいと女神に一心に祈る。家に帰ってみると、乙女の彫像が人間になっているという奇跡が起きていて、二人は結婚する。もう一つ、木彫家ゼペットと彼の作った非行少年の操り人形ピノッキオの話も有名だ。

しかし歴史をさかのぼると、像が動いたという「ノンフィクション」も数知れずある。どうやら人間はいつも神の証拠、あるいは神秘の力の証拠を目に見える形で求めているようである。たぶん、人の形をしているがまったく命がない像は、生命のない物体と生命の奇跡との境界に限りなく近い存在に思えるのだろう。

このような現象を人々がどれほど待ち望んでいるのかは、二〇一三年の夏にマンチェスター博物館がネットに掲載した動画への過剰なまでの反応を見れば分かる。長時間かけて撮影された映像には、古代エジプトのネブ＝セヌという人を象《かたど》った像が棚の上で回っていく不可思議な光景が映し出されている。この動画サイトは瞬く間に広まり、ネット上ではネブ＝セヌがゆっくり回る理由について諸説飛び交った。現実的で平凡な説から神の憑依だとか古代の呪いだという説までいろいろ出た。だから年が改まる前に調査チームが夢も希望もない原因を明かすと、みながっかりした。結局、神像の台座の下に小さな突起があったせいで、博物館の外を車が通るたびに振動で旋回していたのだそうだ。とはいえこの博物館がこれほど注目を集めたのははじめてだった。

実際のところ古代エジプト人は像が動くのを見ても全然驚かなかったであろう。彼らは像は動くものだと思っていたのだ。古代エジプトでは、誰かが神託を受けに行くと、神官たちは言葉に重みを加えるために像を動かすことがよくあったそうだ。神託を受けに来た人がそれを知っていたのか、あるいは像は超自然の力で動くと本気で信じていたのかどうかは定かではない。私が思うに、たぶん知っていたけれども、それも儀式の一環として受け入れていたのではないだろうか。神官は神聖な存在だから、神の手も神官の手もさほど違いはなかったのだ。人々は喜んでその欺瞞を受け入れていたにちがいない。

古代ギリシャ人も像は動くものと思いたかったようだ。不幸な飛行事故で死んだイカロスの父ダイダロスは、歩く像をいくつも作った、と神話では伝えられているが、あまりにも元気に動き回るから夜間は何処かへ行ってしまわないように縛っておく必要があったという[1]。伝説の鍛冶屋ヘファイストスもまた「オートマタ《自動人形》」と呼ばれる動く金属の像をいくつも作ったと言われている。中でもクレタ島を守る機械仕掛けの巨人タロスは有名だ。

こうした物語はたいていフィクションとして片付けられてしまうが、「アンティキティラ島の機械」[*1]が証明しているように、ギリシャ人はかなり洗練された機械仕掛けを編み出す能力に長《た》けていた。古代ギリシャの詩人ピンダロスも、ロードス島の通りでは動く像に出くわすことがよくあると書いている。

動く像が立っている
通りという通りを彩って
まるで石の身体で呼吸をし、
大理石の足を動かすように。

十三世紀のトルコでは、イスラムの博学者アル・ジャザリが人型のすばらしいオートマタを作って有名になり、その後も続々と優れたからくり細工の巨匠たちが精巧なオートマタを製作した。一七三八年にはフランスの発明家ジャック・ド・ヴォーカンソンがあの有名な「フルート奏者」を作った。十九世紀の末になると、フランスの工場で時計仕掛けの美しいオートマタが大量に生産され、今日のコレクターの垂涎《すいぜん》の的となっている。現在では電子工学やモーター技術を活かしたアニマトロニクスのおかげでどう見ても人間としか見えない動く人形も作られるようになった。

しかし、質問の狙いはそうした機械仕掛けの人形や驚嘆すべき電子工学技術ではなくて、歴史を通して信者によって報告された奇跡にあるようだ。宗教的な像が動いたという報告はスペイン、フランス、アイルランドなどのカトリックの国々で特に多く聞かれる。動くといっても立ち上がって歩いたという話は珍しく、たいていは目や唇が動いたとか、泣いたとか、血を流したとかいうものだ。

災難に見舞われて不安な時代には、像は特に活発に動くようだ。懐疑的な人なら、そういう時代には人々は神様や聖母マリア様のお告げの中に安らぎを見出そうとするから妄想を信じやすくなっているのだ、と言うかもしれない。信仰心のある人なら、苦しい時代だからマリア様が奇跡を起こして不安を取り除こうとしてくださっているのだ、と言うかもしれない。

一九八五年にアイルランドで妊娠中絶に関する法の改正案に国中が苦悩した時には像が動いたという報告が相次ぎ、七月にはバリンズピットル近くの岩屋でマリア像が動いたと十代の少女二人が証言したり、ミッチェルズタウンではマリア像が黒い血を流したと複数の子供たちが言い出す騒ぎとなった。

これらの事例ではたいてい証人は、像が動いたように見えたと言うだけで、本当に物理的に動いたと主張するわけではないというところがツボだ。ゆえに客観的に見る側にとっては、それを証明するのも論駁《ろんばく》するのも難しい。それは視覚的幻影だとか、集団ヒステリー効果であると説明した心理学者もいる。しかし証人たちは自分の報告していることは神様が自分に特別に宛てて発したメッセージだと信じているのだから、その心霊現象が見えなかったとしたら、メッセージはその人たちに向けられたものではなかったというだけのことなのだ。メッセージを受け取った人にとってはもはや何の弁明も必要ないことになる。

こうなると一つ難しい問題が出てくる。もし私にはその現象が目撃できず、それを検証する科学的手段も何一つ講じられないとなると、「動いた」とは言えないが、確信をもって「動かなかった」とも言えない。目撃された動きを私がカメラその他の精密機器でとらえられなかったからといって、それを証人の妄想だとは当然言えない。その現象は奇跡だと思われているわけだが、証人には見えてもカメラではとらえられない現象を奇跡と呼ぶのなら、それは奇跡だと言うしかない。私に言えるのはただ、これは物事の真相を実証する通常の方法とは一致しない、ということだけだ。

私は証人たちがウソをついている、つまり真実でないと分かっていて話をしているとは絶対に思わない。人はみな、とまでは言わなくてもたいていの人は、錯覚に陥りやすいのだ、とも思わない。たいていは自分の経験を正直に話している健全な人たちだ。とはいえ私個人としては、像が動くのは目撃者の脳が作り出した幻影であって、物理的な現実ではないと信じている。しかし、精神的な現実をナンセンスと言って片づけてしまうわけにはいかない。証人にとってそれは現実であり、私のように物質的な現実だけが唯一可能な現実だという考え方を主張する方が愚かなのかもしれない。私の聴力は完璧ではないので普段から私は他の人には聞こえる音を聞き逃している。自分の耳に聞こえないからそれは存在していないと私が言ったら、当然私は愚かだと思われるだろう。

1　ダイダロスの作った像は、プラトンが対話篇の中で論点を伝えるために持ち出すほど有名だったようである。

ソクラテス　君はこれまでにダイダロスの彫像に注意を払ったことがないだろう。もっとも、君の国には一つもないだろうけど。

メノン　そう仰る意図はなんですか？

ソクラテス　ダイダロスの彫像はつないでおかないと無断で逃げ出してしまう。しかしつないでおけばそこに留まっている……逃げ出してしまう作品は所有していても価値がない。逃亡した奴隷とおなじで君の元にいないのだから。しかしつないでおけば大変な価値がある、なぜなら彼の作ったものは大変立派なものなのだから。

＊1　古代ギリシャの歯車機械で、天体運行を観測・計算するためのもの。

9.

オックスフォード大学

生物学

人間にはなぜ目が二つあるのですか？

ロマンチックな人なら、その二つの茶色い瞳は愛するためにある、と言うかもしれないが、ここではもう少し科学的な答えを出す必要があるだろう。[1]

もちろん、目が二つあるのは人間だけではない。哺乳類も両生類も爬虫類も鳥類も魚類も、脊椎動物はみなそうだ。つまり進化の早い段階で目は二つになったということだ。私たち人間に目が二つあるのは進化の過程をはるかにさかのぼった祖先に目が二つあったからで、その後は変異の必要がないからそのままだったとも言える。二つの目は、私たち脊椎動物が世の中を見る方法としては卓抜した形態のように思える。実際、身体には一対のものが多く、心臓や肝臓など一部の主要器官を除くと左右相称のようになっている。だから目が二つある理由は耳や膝が二つあるのと同じかもしれない。

しかし、人間の目に関しては、目を二つ持つ他の多くの動物とはかなり違う特別なところもある。魚類から野ネズミに至るまで、人間以外のほとんどすべての脊椎動物は頭部の両側に一つずつ目があって横向きに視野が広がりそれぞれ独立して動くので、常にほぼ全方向の視野をとらえることができている。ところが私たち人間の目は二つとも前向きについていて一緒に動くから、事実上一つと同じである。他に前向きの視野を持つものは、霊長類と、あとはフクロウやタカ、オオカミ、ヘビ、サメなど一部の捕食する動物だけだ。目が二つありながら多方向を見る利点を手放したからには、前方だけの単一視野にはさらに有利な点があるはずだが、その通りなのである。

草食動物その他の被食者となる動物にとっては、全方向視野を備えていればどこから危険が迫ってきても察知できるので、これは相当大きい利点である。食べている草に片方の目を向けながら、もう一方の目をぐるりと回して背後から忍び寄る捕食者を見つけられる。

一方、捕食する動物の多くは三百六十度の視野を必要としない。必要なのは目標に的を絞る視力だ。霊長類もまた全方向視野を必要としないが、その理由は木の上では限られた方向からしか襲われないからだ。霊長類に必要なのは、枝から枝へぶら下がって移動する時や、木の実を採る時などに欠かせない正確な距離判断である。一度のジャンプミスで進化の系図というファミリー・ツリーから自分の遺伝子が滑り落ちてしまうかもしれないのだから。

捕食する動物と霊長類はそれぞれに前方視野を進化させたが、それはどちらも前方視野によって必要な利点を、つまり距離判断を手に入れるためだということは分かっている。二つの目が前方を向いている私たち人間も、そのような動物たちと同様に両眼視と呼ばれる機能を手に入れた。二つの目が見る光景はほとんど同一だが、ほんの少し異なっていて、まったくの同一ではない。このわずかな差異が非常に重要なのである。

　私たちは普段一つの光景しか見ていないから、ほとんど左右の視野に違いがあることを認識せずに過ごしている。しかし、二本の指を前後にずらして目の前に掲げ、まず手前の指に焦点をあてて片目を閉じて片方の目だけで見て、次にもう片方の目で見ると、向こう側の指が劇的に移動する。さらにその二本の指を横に並べて遠くの木に両目の焦点を合わせると、指は四本になったように見える。

　このように左右の目が微妙に違う光景をとらえることを専門用語で両眼視差と呼ぶが、注目すべきは、脳内でその二つが融合されて奥行き感のある一つの光景を作り出しているということだ。この現象はレオナルドのパラドックスと呼ばれている。ルネサンスの天才レオナルド・ダ・ヴィンチは、左右の目は見え方が違うのに、なぜ両目で見ると一つの光景になるのだろうかと悩んだ。しかし彼は、奥行き感のあるこの一つの光景のおかげで人は世界を平面ではなく立体でとらえられるのだということは理解していて、それを実物通りに絵に写すのは無理だと諦めていた。

　ダ・ヴィンチが分かっていなかったのは、奥行きのある「立体像」として見えるのは、視差が脳内で融合されるからだということだ。それを見抜く基盤となったのは、一八三八年にイギリスの物理学者チャールズ・ホイートストンが行った単純な実験だった。彼は、見た目がわずかに異なる光景の二枚の絵を自分の発明した「立体鏡」を通して見た。立体鏡を使い、その二枚の絵をまず左右の目でそれぞれ見て、次に左右の目で二枚を一緒に見た。すると突然、写真が素晴らしい3Dになったのだ。

一九六〇年代には神経生理学者のデイヴィッド・ヒューベルとトルステン・ウィーゼルの行った実験により、左右の目の網膜で作られる像が脳の同じ場所に記録され、目を開いているときはいつも二つがきっちり重なって統合された単一の光景となって見えることが証明された。その後、オーストラリア人のジャック・ペティグルー、ホラス・バーロー、コリン・ブレイクモア、ピーター・ビショップが、左右の目でとらえたわずかな差異もまた脳に記録され、その差異こそが単一の光景に3Dの特質を与えていることを発見した。

対象が近いとそれぞれの眼でとらえる像の差異が大きくなるので3D効果も大きくなる。離れると効果は減少する。実験では、対象物との距離が二・七キロまでは3D効果が現れることになっているが、実際には二百メートル以上離れると効果はないようだ。

両眼視の作用以外にも距離感をつかむ方法はある。遠近法や、焦点の調節や、何かの陰になって部分的に見えないなどの視覚的ヒントなどを使って私たちは立体の世界を把握する。だから、隻眼の人でも距離を判断できないことは決してない。なるほどたいていの人は3Dの視野に慣れ過ぎているから、片方の目をつぶってもまだ3Dで見えるが、もともと片方の目で見たことしかなかった人にはこれは少し難しいだろう。

さらに注目すべきことは、二つの目の動きが実にぴったり合っていることだ。統合された視野を手に入れるためには、左右の視点にわずかな差異もなく、左右の網膜がぴったり同じ光景をとらえなければいけないし、目を動かした時にも両目の視点は同じでなければならない。網膜は小さいので微妙にずれても視野の統合は崩れてしまう。両目が同じ方向に一緒に動く時、これを「むき運動（バージョン）」と呼ぶ。この運動は自分で気がついていなくても、一日中反射的に繰り返されている。私たちの目は絶えずあちらへこちらへと素早く動いているが、常に左右ぴったりに動いて目の前の光景をスキャンしているのだ。これは衝動性眼球運動（サッケード）と呼ばれるものだが、体の中でもっとも速い動きで、ピーク時には一秒に九百度も動く。

この「むき運動」をするだけでなく、目は頭部を動かしてもじっと同じものに焦点を当て続けることもできる。さらに、近いものや遠いものに焦点を定める時には左右の目は逆方向に動く。これを「よせ運動（バージェンス）」と呼ぶ。近いものをとらえる時には輻《ふく》輳《そう》（コンバージェンス）と呼ばれる動きをして寄り目になる。遠いものに焦点を合わせる時には左右の目は少し離れるが、これを開散（ディバージェンス）と言う。ご存じの通り輻輳が過ぎると斜視になるが、それは滅多にない。

「むき運動」と「よせ運動」を正確に行うには目の筋肉が完璧に調整されていなければならない。しかしそれだけでは十分とは言えない。実は視覚を制御しているのは筋肉ではない。脳の大脳皮質にある、視覚野と言われる特別な場所と直接つながっているのだ。網膜に映った像をここでとらえ、目の筋肉へ信号を送り返して完璧な調整を保っている。

現在では両眼視、あるいは立体視の働きが解明されているので、ホイートストンがあの実験で行ったように、左右の目にそれぞれ少し異なる像を見せることで人工的に両眼視を作り出すさまざまな方法が考え出されている。今や３Ｄ映画は当たり前だ。これはわずかに離れた二つの視点から二つの光景を撮影して製作する。しかしスクリーン上にある二つの映像を左右の目で別々に見るには特別なメガネが必要だから、まだとても完成品とは言えない。しかも正しい基準線（左右のレンズの距離）を定めるために、視点の差異を単純な等式で慎重に計算しておかないと、映像はかなりヘンテコに見えてしまう。

両眼視は進化の過程で私たちが獲得したもっとも重要な利点だとも言える。私たちは前方を見ることができる、正確に距離を判断できる、だから自分の手で今していることを（針に糸を通しているにしても、素早く動く動物を狙って槍を投げているにしても）目で見て正しく制御することができるが、それはすべて他の多くの動物とは著しく異なるこの資質のおかげである。もちろん、他の霊長類もそうだが、私たち人間こそこれを最大限に利用してきたのである。

1　実は、これは見た目ほど的外れなことではない。前方を見る目は、人が人らしくなるための、さらには人がこれほど優れた種となるための人間関係を育む上で、重要な役割を果たしている。というのも、我々の視線は非常にまっすぐで、誰に向けたものであるかはっきりしており、それが「絆」作りを助長しているからだ。我々人間だけが性愛行為を「対面型」で行うのもそのためである。この視線が絆作りの助けとなるのは人間相手に留まらず、同じく前向き視線を持つ犬や猫などの動物相手にも起こることである――幼少の動物の視線は成熟した動物のものより一層正面ばかりを見つめてくるので、おそらくそのためによりキュートに思われるのだろう。

10.

オックスフォード大学

英語・英文学

シェイクスピアは謀反人でしたか？

シェイクスピアはイギリスの誇る遺産の紛れもない最高峰で、彼の残した戯曲は絢爛豪華な歴史的栄光をまとった国王たち、王妃たち、恋人たち、道化たちが極上の英語で繰り広げるまさに一大ページェントだ。シェイクスピアと言えば、大詩人（ザ・バード）、エイヴォン川の白鳥、イギリスの文化と誇りの刻印、彼こそまさにイギリスが誇る伝統文化を代表するイメージキャラクターだ。イギリス観光産業にとっては、王室や美術館・博物館と並ぶ文字通りの宝だが、歴史に価値と安定を求める保守派にとっては国家の柱石でもある。また伝統に固執する教育者たちがシェイクスピアはラテン語や服従と同様に子供が学ぶべきものだと主張するので、何世代にもわたって生徒たちは興味もないのにシェイクスピアを勉強させられてきた。

国家を支える柱というより贅を凝らしたスイートルームというイメージもあるシェイクスピア像は、学術界の後援も取りつけてきた。第二次世界大戦中にチャーチル首相がシェイクスピアばりの韻律を響かせて国民の士気昂揚を図るスピーチをおこなったが、それと同時期に、ケンブリッジ大学の教官ユースタス・M・W・ティリヤードは『エリザベス朝の世界像』（一九四二年）という文芸評論の本を書いて多大な影響を与えた。この中で彼は、エリザベス朝の人々は、とりわけシェイクスピアは、「偉大なる存在の連鎖」という中世の世界観を継承し拡張したと言っている。これは、物も人もすべてあるべき正しい場所にあり、それが破られたら世界の平和と調和が乱れるという思想だ。となると、処女王エリザベス一世を国家元首として讃える芝居を書いているシェイクスピアを、君主政治の広告塔だったと考える文芸批評家も出てくる。ティリヤードは一九四四年にまたしても『シェイクスピアの歴史劇』という画期的な本を書いた。同年にはロレンス・オリヴィエが歴史劇の一つ『ヘンリー五世』の映画で後世に残る名演技を披露している。聖クリスピンの祭日に行ったヘンリーの演説（四幕三場）は人々の胸を打ち、一国を率いる英雄としての王の姿を蘇らせたが、これこそ戦争で疲弊している国が必要としているものだった。

　しかしその後、「エリザベス朝の世界像」とは、プロテスタントの英国がカトリックの勢力や他国の侵略に脅かされている怒濤《どとう》の時代になんとか君主体制の安定を図ろうとしたエリザベス一世が演出したチューダー朝神話であったとする指摘が多くの学者によってなされ、ティリヤードの著作は批判にさらされることが多くなった。[1] さらに一歩進んで、シェイクスピアの芝居はチューダー朝の安定と継続を称賛するばかりではなく、微妙な陰影のある見地も多く含んでいるという意見が多くなってきた。しかし、シェイクスピアは謀反人だったとまで言った人はほんの少数である。

とはいえシェイクスピアが謀反人でなかったとしたら、それはそれで意外でもある。偉大な芸術家は他の人間とは考え方が違う（そしてそれが創作への原動力となる）のだから、芸術家の思想が国家体制と対立することは大いにあり得る。現体制を心から擁護する偉大な芸術家もいなくはなかったが、まれだ。ロシアの偉大な詩人アレクサンドル・プーシキンが決闘で命を落とした後、若き詩人レールモントフはプーシキンを帝政の犠牲者であったと嘆いて哀悼の意を表した。しかし帝政が傾いてくると皇帝側はプーシキンをロシア文化の栄光そのものだと急に持ち上げ出し、次にソビエト時代になると彼は帝政に抑圧されながらも自由主義を標榜した反逆者だったと讃えられた。つまりプーシキンの政治志向についての見解は右へ左へ揺れ動いてきた、ということだ。言い換えれば、シェイクスピアについても現在の一般的な見方に惑わされないよう気をつけなければいけない。

シェイクスピアはイギリス史に残る激動の時代に生きた。映画や小説はともかく歴史書でさえ、この時代を恵み深い女王陛下の治める栄光と平和に包まれたイギリス庭園のように描いているが、実際にはそれとは程遠いものだった。エリザベス一世の父ヘンリー八世は無理やりイギリスを一国丸ごとカトリックから引き裂いたが、その傷跡はまだ生々しく残っていた。エリザベス一世統治下のプロテスタント国家イギリスは、国内外のカトリック教徒からの攻撃を受けており、スペインの無敵艦隊を破ったとはいえ勝因はツキだけであったし、従姉にあたるスコットランド女王メアリー・スチュアート（カトリック）を長らく幽閉した挙句に王位転覆の陰謀に加担した廉《かど》でついには処刑してしまった。エリザベスの前に王位についていた異母姉でカトリック教徒のメアリー一世（メアリー・チューダー）は、プロテスタントの反抗勢力を容赦なく押さえつけて「血のメアリー《ブラッディ・メアリー》」の異名を取ったが、エリザベス一世もまたイギリス国教会に改宗しないカトリック教徒を嗅ぎ出しては容赦なく罰した。エリザベス一世の重臣フランシス・ウォルシンガムはスパイ網を組織して国教忌避者や忠誠の誓いに署名をしない者を探り出しては捕え、そういう反逆者に対して法廷は想像を絶する残忍な処刑法をいろいろ考案して言い渡した。

　イングランドの大勢のカトリック教徒にとってエリザベス朝は、スターリン政権下のロシアが反体制派にとってそうであったように、恐怖政治だったのだ。多くの家庭にカトリック司祭の隠れ部屋や、秘密の抜け道や、カトリック教具の隠し場所があり、陰謀の裏をかく陰謀が脈々と張り巡らされた。人々は謎めいた話し方に慣れてきて、特に詩には分かる人にしか分からない暗号やアクロスティック[*1]や掛け詞が満載されていた。今日そうした謎かけはエリザベス朝の豊かな言葉遊びとして紹介されるが、これは遊びではない。多くの人にとっては生きるか死ぬかの、それも惨たらしい死を迎えるかどうかの問題だったのである。スコットランド女王メアリーが死刑判決を受けたのも、暗号で綴った手紙が押さえられたからだった。シェイクスピアはこういう時代に書いていたのだ。

　もちろん、シェイクスピア劇は実に政治的だ。彼の戯曲はどれをとっても、それこそ歴史劇から『マクベス』、『リア王』、『ハムレット』、『テンペスト』に至るまで、王位、法、治世、権威、服従、権力の乱用、さらに良きにつけ悪しきにつけ統治者の転落などが反映されている。それもそうである。シェイクスピアは家庭問題や恋愛についての芝居も書いたが、『ロミオとジュリエット』や『夏の夜の夢』のような芝居にも明らかに政治的要素はある。確かに、あのような政変の時代に政治を無視して書けただろうか？偉大な作家であれば、社会問題を反映させずに書こうとしたら、半分眠っているしかない。そしてもちろん、人々もシェイクスピアの戯曲にこめられた政治的な力を強く認識していた。たとえば『リチャード二世』（失政により王位を追われる話）は一六〇一年にエセックス伯が女王に対して反乱を起こす前夜にグローブ座で特別上演された。蜂起が失敗した知らせを受けた役者たちは上手いこと逃げおおせた。問題は、シェイクスピアの政治志向である。彼は慎重にノンポリを貫いたのか、体制側についていたのか――あるいは隠れた反国教派で謀反を企てていたのか？

面白いことに、シェイクスピア劇は政治的要素にあふれているのに、宗教的要素は異常なほど欠落している。シェイクスピア劇が今なお親しみやすく現代に通じるのは基本的に宗教臭くないからだ。もちろん当時、宗教問題を作品に取り込んだ劇作家はほとんどいない。演劇の発祥は宗教劇と深い関わりがあるにもかかわらず、教会と舞台はかみ合わないと考えたのだろう。あるいは、さわらぬ神に祟りなしと考えたのかもしれない。しかし、大きな問題に真っ向から挑んでいるシェイクスピアが当時の火急な（まさに生きたまま燃やされかねない）問題に近づこうともしていないのは奇妙だ。

数年前、クレア・アスキスが『シャドープレイ』という本を書いて議論を巻き起こした。

ソビエト時代のロシア駐在の外交官夫人であったアスキスは、ソビエトの劇作家たちがいかにして検閲をかいくぐるかを目の当たりにしていた。彼らは分かる人にははっきりそれと分かるメッセージを作品に隠したのだ。そこで彼女は、シェイクスピアも同じようなことをしていたのではないかと考えた。著書の中で彼女はシェイクスピアが隠れた謀反人であり、国教忌避のカトリック教徒であった証拠を詳細に拾い集めている。戯曲《プレイ》の中に親カトリックのメッセージや象徴をこっそり織り交ぜているというのだ。捕まって恐ろしい目に遭わぬよう密かにではあったが、多くの観客にははっきり分かるように。つまりシェイクスピアは当時の宗教問題を避けたのではなく、比喩や暗号を使ってそれに挑んだということになるが、本当にアスキスの言う通りならば、彼は危険なプレイに興じていたわけである。

アスキスによると、イギリス国教会は聖職位をさほど重視しない低教会派であり、黒い僧服を身に付けていることが多かったので、「低い」や「暗い《ダーク》」は常にプロテスタントの比喩で、逆に「高い」や「明るい《フェア》」はカトリック教徒を意味するのだという。ヒロインの多くは日焼けをしているが、これは神の真理の象徴である太陽に身をさらしているからである。さらに、いつ見ても文法が間違っているように見えるソネット二十三番のあの一行——「そのほうがことば数多く正確に伝える舌よりも（強く愛を訴え……）」［（Who plead for love, ……）/ More than that love which more hath more expressed］——も、彼女は驚くような読み替えをした。アスキスによれば、これはヘンリー八世の大法官も務めたトマス・モアのことを言っているのだそうだ。モアはローマ教皇の至上権否定を拒んだために首を刎《は》ねられた。分かる人にとってはこの一行は、こう読めるという――「そのほうがことば数多く正確にモアが伝えたあの愛よりも（強く、愛を訴え……）」［(Who plead for love, ……) / More than that love which More hath more expressed］――すなわち、究極の愛、あの殉教者の愛のことである。

この説に関してはまだ意見の一致からは程遠いが、少なくとも魅力的な考えではある。シェイクスピアが検閲といたちごっこを繰り広げていたと思うと胸が躍るし、もう一度シェイクスピアの戯曲を読んで自分でその証拠を探してみたくもなる。もちろん、そう思っているからそう見えてしまったという危険なプレイになる可能性もある。しかし勝算の見込みがないのに高潔な態度を敢然と示す登場人物に肩入れをしているところを見れば、彼がどちら側の人間だったのか分かる気がしてくる。アスキスの説が正しいとしても、必ずしもシェイクスピアが隠れた謀反人だったということにはならない。しかしこれは問う価値のある問題である。

1

一五八八年にスペイン無敵艦隊の侵攻を迎え撃つべくティルベリーに参集した軍隊を前にエリザベス女王の行った国威昂揚の演説は、まるでシェイクスピアの芝居からそのまま出てきたかのようである――「私は自分が女のか弱い身体を持っていることは分かっています、しかし、国王、それもイングランド国王の心臓と腹を持っています、ですからパルマだろうと、スペインだろうと、ヨーロッパのどこの公国だろうと、我が王国の領土を侵略しようなどという厚かましい愚行を黙って見逃すわけにはいきません。恥辱を受け入れることなく、自ら武器をとって、自らあなたがたの将軍となり、自ら裁定者となって、すべての軍功に報いることにします」。

＊1　各行の初めや中や終わりの文字を綴ると語になるという言葉遊び。

11.

オックスフォード大学

古典学

オウィディウスの口説き文句は有効でしょうか？

オウィディウスが二千年前に書いた詩『アルス・アマトリア』はたいてい「愛の技法」と訳されるが、そう言うと上品で堅苦しく聞こえる。実はもっとずっと通俗的で、高尚な恋愛論というより指南書のように読めるから、『恋愛ガイド』と訳すか『誘惑までの五十七段《ステップ》』とタイトルをつけ直した方がいいだろう。実際『アルス・アマトリア』はインターネット上の女性（や男性）を見つける「お役立ち」ガイドとそう変わらず、これに実践テクニックを教える短いビデオが付いていれば完璧だ。言っている指示も、本質的に性差別を前提としている点に至るまで、そうは変わらない。容赦ない編集者の手に掛かって皮肉のきいた軽妙な小見出しでもつけられたら、オウィディウスのアドバイスの中には男性向けライフスタイル誌『ローディド』や低俗な女性誌に掲載できそうなものもある。

しかし肝心なのはその編集者の手腕である。基本的な指南内容だけに絞ってしまうと、オウィディウスの詩を偉大たらしめているものを失うことになる。『アルス・アマトリア』が二千年ものあいだ人々の関心をひいてきたのはアドバイスが有効だからではなく、ウィットと言葉遊びとリズムを備えた美しいラテン語の韻文体で書かれているからであり、それはオウィディウスがいつの時代も最高の詩人の一人に数えられてきた理由でもある。内容は低俗でも、この詩は優れた技巧を備えたラテン語に親しんでいる耳には魅惑的に響く。ちょうどモーツァルトがシンプルだが他にはない完璧なメロディで人々の耳を魅了するのと同じだ。オウィディウスの完璧な詩心を前にしたら、完璧なベッドインへ導く指南書としての有効性などもはや（ほとんど）余計だ。言うまでもないが、オウィディウスは変幻自在に古典を引用しており、どこをとってもこの詩からは知性と博識が窺えるが、これは現代のマニュアルにはあり得ないだろう。

実はその古典への言及からオウィディウスのもう一つの目的が見えてくる（すべての読者にではないかもしれないが）。私にはまったくのおふざけに見えるのだ。これは古代の偉大な叙事詩のパロディであり、誇大妄想的な恋愛観のパロディでもある。オウィディウスを読むような洗練された読者は、トロイ戦争で強靭な武力を振るったアキレウスのような刺激的な体験は絶対にしないだろうが、男女間バトルでなら英雄になれるし、努力すれば誘惑の戦場では老練な兵士にだってなれる。

Principio, quod amare velis, reperire labora,
Qui nova nunc primum miles in arma venis.

（まず、愛したい乙女との出会いを作れ、
さあ、愛の兵士となって武器を手にとれ）

恋愛とは神々と女神たちとの間で繰り広げられるものではなくて、あなたが円形競技場や市場で出会った乙女を相手に繰り広げるゲームである。

想像はつくだろうが、この詩における女性への姿勢はかなり差別的だ。女性を奸計と誘惑で仕留める美しい獲物として描いている上に、女性には殿方のために脚の無駄毛を剃るなど身だしなみを整えてめかし込んでおくよう強調している。古代ローマの話である。しかし、現代の多くの男性誌ほど相手を見下してはいないし、ウィットに富んでいて女性への思いやりにあふれているからこちらの方がより女心に訴える。さらに驚いたことに、オウィディウスは第三巻をまるごと女性の応援に回した。立場を逆転させて、今度は女性が策を練って狙った男を捕まえるための助言をしている。ある意味、冗談を飛ばして傲慢ぶっているが、実はお互いが満足のいく関係を築くことを心底から願っているように思える。

では、オウィディウスの口説き文句はどれくらい有効なのだろうか？　口説き文句はだいたい評判が悪い。前後の脈略のない口説き文句などたいていおそまつなので、嫌気のさした相手にその場で別れを告げられなければラッキーというものだ。[1]

だからたいていの人は、オウィディウスに限らず誰の口説き文句にしても「有効」なものなどないと考えるだろう。そもそもたった一文、あるいはたった一つのテクニックが大事な関係を築く確かな糸口になると考えること自体馬鹿げているのに、それを試したり鵜《う》吞《の》みにするとなれば、よほど切羽詰まっているとしか思えない。

しかしタブロイド紙ばかりか心理学の学会誌でも、ある程度は有効であることを示唆する（完全には科学的ではない）調査結果が報告されることがある。あなたが男性の場合、口説き文句を言ったところであなたが夫やステディにふさわしい資質を備えている証明にはならないだろうが、相手の女性によっては、たとえ成熟したチーズのように臭いセリフであっても、ユーモアのセンスがある（あるいはない）とか自信に満ちた（あるいは自信のない）男であることの証明になって、どちらにしても当面は相手の心をつかんでおける、というのだ。もちろんそれも本人の魅力や、その言い方や、その後の振る舞い方次第であろうが。これも同じ調査によるものだが、もし言下に却下されなければ口説き文句は会話の糸口となり、もっと時間をかけてお互いを知る機会に繋がるという結果も出ている。それこそあらゆる人間関係を築く序章だ。オウィディウスが有効なのはまさにここである。

実はオウィディウスは口から出まかせにいい加減な口説き文句を並べているわけではない。彼はデートに際しての助言をしているのであって、当たり前のことにも思えるが、今日でもかなり通用しそうなのだ（もちろん彼の言い回しが魅力的なのだが）。

女性を手に入れたいなら、天から降ってくるなどと期待してはいけないとオウィディウスは言う。積極的に動いて探しに行かなければいけない。彼も現代のアドバイザーと同じように女性と出会う恰好の場所を、たとえば円形競技場や劇場などが良いだろうと提案している。もっとも今なら円形競技場ではなくギャラリーのオープニングパーティや小さなライブ会場というところだろうが。もちろんオウィディウスにはネット上の出会い系サイトという選択肢はなかった。

女性に初めて会う時もデートの時も、清潔にしていなければいけないとオウィディウスは言う。家畜の臭いなどさせないように、小奇麗に身支度をして……鼻毛をトリミングする。どれも的確なアドバイスに思える。さらに、ロウソクの明かりの中や酔った時に出会った相手にのぼせ上がってはいけないとも助言している。彼の助言のほとんどは今日でも的確と言える。ただし、門前払いを食らっても熱意を見せたければ、女性の部屋へよじ登って天窓か煙突から部屋へ侵入せよという助言は聞かない方がいいだろう。そんなことをしたら禁固刑か、少なくとも「つきまとい行為等の禁止命令」を言い渡される。古代ローマの話なのだからかなり異なる点もある。

まとめると、オウィディウスのデートに関するアドバイスは、現代のものと似たり寄ったりということだ。たいていの人は既に承知しているような内容である。しかしラテン語が分かるなら原文で読むと、ただの手引書を読むより断然面白くて気持ちも昂揚するのではないかと私は考える。それに、『アルス・アマトリア』を原文で読んだと言えば、あなたにぴったりな女性には一番の口説き文句になる（あなたに合わない女性ならそのひと言でおしまいだ）。ということで、さっそく活用してみよう、助言をではなく、ラテン語動詞の語形変化を……。

1

たとえば――

「君って、インテリアデザイナーなの？　だって君が入って来たら部屋全体がぱっと綺麗になったんだもん」

「君は信心深いのかな？　だって君は僕の祈りに対する答えなのだから」

「君さ、怪我しなかった、天から落ちた時に？」

「セックスと会話の大きな違いは何か、分かる？［いいえ。］じゃ、二階へ行って話さないか？」

「一目惚れって、ホントにあると思う？　それとももう一度向こうから歩いてこようか？」

12.

ケンブリッジ大学

社会学、政治学

この国の運営を政治家の代わりに、イケア（IKEA）の経営陣にさせてはどうでしょうか？

ここ三十年来、西洋の多くの民主主義国では政府その他による公共サービスを民営化する動きが加速化している。たとえばイギリスでは一九八〇年代に鉄道や電話通信や電力などの大規模な国営事業を営利を目的とする民間組織へ売却し、さらに最近になって郵便局も払い下げ、さらに国民健康保険制度（ＮＨＳ）や教育は分野ごとに外注することが多くなってきた。となると、論理的には次の段階へ進んで、政府をまるごと民営化してもいいのではないだろうか？

この案件を投票にかけたら国民の大多数はいい案だと言うような気がする。この設問では、同じ民間企業にしても選択がいい。政府の運営を英国石油やロイズ銀行やリオ・ティント（鉱業資源企業グループ）など、近年非難を浴び続けている巨大企業の経営陣に委ねてはどうかとは聞いていない。ここで持ち出されているのはイケアだ。庶民と直接売買を行っている会社、スカンジナビア様式の均整のとれたスマートなデザインの家具を安価で提供している会社だ。

イケアと聞くと、強欲とか卑劣とかではなくて、クリーンで能率的で本質的に温かいイメージが湧く。一国の運営とスカンジナビア風の家具の間には何の関係もないが、そう言われるとクリーンで能率的で温かい運営方針の国が連想されて惹かれる。連想力の有効性は一九三〇年代に広告の父と呼ばれたアメリカの広報マン、エドワード・バーネイズも示している。同じように有能な経営陣がいるにしても、英国石油やリオ・ティントの手に国家権力を委ねるとなったら国民はかなり躊躇するだろう。

この質問のどこに落とし穴があるかというと、これは国民が民営化に好意を抱くように仕向けてきたメディアの報道のパターンの一つだというところだ——政治家は無能で現実認識に欠けていて金塗《まみ》れであり、官僚は高慢でお役所的でまったくの無能だと国民に叩きこんできたのである。[1]

この論調でいくと以下のような意見が出てくるかもしれない——イケアの経営陣は経営のエキスパートである、しかも結果が求められているからエキスパートでなければいけないのである。政治家は経営のプロではない。彼らはただお喋りと交渉が得意なだけだ。だから政治家は（そして公僕は）形式的手続きを作り出すのは上手いが、何かを本当に実行してもらいたいなら、プロのところへ行け。さらに、イケアの経営陣は利潤追求という動機があるから今後も有能であり続けるだろう。政治家は失敗しても上手く国民の目をくらますことができれば落選を免れさえするかもしれない。

しかしこの論調には非常に大きな問題が二つある。まず、物事を上手く運ぶ唯一の方法は利潤追求などの利己的な動機を持つことだと考えていることだ。となると、営利を目的としている民間企業は公的機関より事業を上手く運べるという想定になるが、これは大間違いである。しかるべき調査結果を見ればこの想定は誤っていて、国営事業は多くの場合民間企業より上手くいっていることが分かる。たとえば、事業の国営化によって韓国は世界的な新興経済大国の仲間入りを果たした。実際、多くの公的機関は目先の利益に惑わされずにより大きな構図に目を向ける能力のある行政官たちによって上手く運営されている。

民間企業でも動機ばかりを強調すると、短期収益主義に陥ってダメージを受けることがある。たとえば、たいていの企業理論家は株《S》主価値《V》の最大化《M》（shareholder value maximisation）という理念を信奉している。経営陣は株主が毎年得る利益に従って特別配当《ボーナス》金と自社株購入選択権を報酬として受け取ることになる。しかし株主は、配当金が低いと流動的になりかねないので、経営陣は株主を繋ぎ止めておくために目先の利益を優先することになる。つまり、短期的利益のために将来を見据えた長期的な利益は犠牲になることが多いということだ。これでは先々雇用が不安定になり、投資が不足し、企業の合併や買収や売却がますます増えてしまう。これは満足がいくどころの経営法ではない。国の運営としては大失敗の手本のようにも思える。

イケア政権案の二つ目の問題点は、そうなったら民主主義の理念は大打撃を、もしかしたら致命的な打撃を受けるだろうということだ。万が一イケアの経営陣にこの国を運営させるとして、それは本質的にはどういうことになるのだろう？　彼らが公的管理機能をすべて引き継ぐということか？　それとも彼らが国会の機能を引き継ぐのか、あるいは議長を務めるのか？　イケアの経営陣は誰に対して責任を持つことになるのか？　誰のために国を運営するのか？　誰が議案を作るのか？　まったくもって彼らはいったい何を運営するのだろう？

もし彼らがイケアの経営陣のままだとしたら（かなりあり得ないことだが）、彼らは国の運営を株主の利益を最大にするための事業としてしか見ないだろう。それは国と国民の利益を搾り取って株主に分配するということになりかねない。当然、彼らは事業にとっての無用の長物は切り捨てる。つまり、子供、老人、妊婦、病人、そして取り柄の無い人、頭の悪い人、必要ない人、波風を立てたがる人、野生の鳥や動物、何の用もなさない森林や土手など、労働力や生産に直接貢献していない人や物はすべて切り捨てられてしまうというわけだ。国というのはコミュニティであり、営利目的の事業として運営できるものではない。ところがイケアに国を渡したら、彼らがこのようなことをしても止める手立てはない。彼らは誰に対しても責任を持たない訳の分からない運営者となり、国は事実上、専制国家になる。ムッソリーニもヒトラーも自分たちは国を上手く運営していると言って自らの行為を正当化していた。イケアの経営陣が同じことを主張しないと誰に言えるだろうか？

一国を運営するというのは、利益を生み出すよりもっとずっと大きなことなのだ。国民の面倒をみるということだ。国は国民全員にきちんとした生活を保障しなければいけない。国民まともな家、食物、医療、適切な教育、公正と安全、言論の自由、国民の利益のための建造物や遺産の保護、他にもまだまだ多くのことを保障しなければならないが、一つとして儲けに繋がるものはない。そしてそういうものを得るために私たちが必要としているのは政治家であって小売業の経営陣ではない。

欠点もたくさんあるが、今のところ真の民主主義こそ誰もが考える最良の政府の姿である。しかし民主主義には民主的な代表者が必要で、その選出の過程では私たちの参加も必要とされる。政府の機能を受け渡すなら、民主的なシステムと、国のあり方を決めるのは国民であるという理念も受け継いでもらわなければいけない。民主主義には直接参加か選出された代表者、すなわち政治家のどちらかが必要である。現職の政治家が信用できないからといって、代表者による国の運営を放棄することはできない。私たちがすべきことは信用の置ける政治家を選ぶことだ。だからイケアに任せたいのなら、せっかくの週末に組み立て式家具を組み立てるのは後回しにして政権樹立に必要な票数の獲得のために奔走しなければ……。

1　この背景には経済学の合理的選択理論が、少なくとも部分的には関係している。この理論によって規制緩和や民営化や減税が勢いよく推し進められて、政府のいわゆる強権的手法に歯止めがかかったのだが、一方でそれに関連した公共選択論には政治家と公僕は信用ならないという考えが含まれており、これがシニカルな今の時代に深く浸透し、本当にそうだと思われるようになった。確かに、国民の役に立つために政治家や公僕になるという考え方からは大きくそれてしまっている。面白いことに、今は「公僕」（public servant）という表現もほとんど使われず、「官僚」（bureaucrat bureau は「事務机」、crat は「一員」という意味）が好まれるようになった。彼らは利己的なだけでなく、替えのきく枯れた木材（dead wood には「無用の長物」の意味もある）だと思われているのだ。

13.

オックスフォード大学

生物学

ここに一枚の木の皮があります、これについて話してください。

どの木も特有の模様の樹皮を持っているから専門家が見れば葉っぱと同じくらい簡単に見分けがつく。紙のように薄く白い白樺なら見間違えようがない。粗く灰色がかっていて深くひび割れ、楕円形の鱗片に覆われていたら、オークの仲間かもしれない。

樹皮は外界から木を守っている。風雨から身を守る盾であり、もろい内側の組織に害を及ぼす外敵の侵入を防ぐ要塞である。生命は素晴らしい、貴重なものだ。生命体のない混沌とした広大な宇宙の中でここだけはぽつんと秩序の王国を成している。だから生命はすべて保護するものが必要なのだ。細胞には細胞膜がある。魚には鱗がある。ヒトには皮膚がある。そして木は樹皮に守られている。

樹皮がなかったら木はこれほど高く成長もしなければ、長く生きることもできない。冬の寒さや夏の熱気に、干ばつや洪水や火事に、さらには虫やキノコその他多くの有害生物の無用な手出しに耐えて何百年も生き続けている木もたくさんある。草本植物（いわゆる「草」）は常に生え変わって増やしていかなければいけないが、木はたった一本の幹を伸ばし、樹皮に守られて何年も生き続ける。

オークの樹皮のような厚い皮は特に保護組織として有効だ。丈夫な樹皮のおかげで鹿などの動物から木の中で成長を続けている柔らかい部分が齧《かじ》られずにすむし、樹皮に含まれるタンニンなどの物質が害虫を追い払ってくれる。またオークの樹皮は空気をたっぷり含み湿気もあるので、暖気や冷気を遮断することができる、と同時に凹凸のある鱗状の樹皮は全体を覆うのに必要な空気を取り込むだけでなく、熱を放出するフィンの役割も担うので、樹木の温度調節にも役立っている。火事の多い乾

燥地帯では、分厚い樹皮があれば、猛火からは無理でも熱からは木を守ることができる。ブナのようなすべすべした樹皮にはまた別の保護作用がある。断熱作用や甲冑《かっちゅう》としての役割はあまり望めないが、木肌が滑らかだから虫や着生植物などの寄生を防げる。だから熱帯地方の樹木は基本的に樹皮が滑らかなのである。

しかし樹皮には甲冑以外の役割もある。外皮は乾燥した色の濃いコルク状の死んだ組織だが、その下には成長を続けている何層もの色の薄い組織がある。この層はひとまとめに周皮と呼ばれている。その一番内側は柔らかい「生体篩部《しぶ》」で、木の成長に必要な糖分や養分を運ぶパイプ役を果たしている。篩部の外側にはもう二層ある。コルク皮層とコルク形成層である。

コルク形成層はコルク細胞が育つところだが、この細胞はやがて死んで樹皮のコルク外皮を形成する。コルク皮層は樹皮を剝がしてもまだ生きていて、葉緑素を含んでいるから緑色に見える。太陽エネルギーをとらえて光合成を行うのは葉だけではなく、この緑色の樹皮細胞もわずかながら光合成を行う。樹皮が薄ければ薄いほど光合成作用はより強くなる。冬季に葉が落ちると、樹皮は木が生き延びられるようエネルギーを増加させる。

木は毎年樹皮のすぐ下にある篩部細胞を増やして成長する。年輪はこうして作られていく。一年の終わりにはいくつかの篩部細胞が外側へ絞り出されてコルク形成層になり、やがて死んで外側の樹皮になる。幹が太くなると、オークのように厚い樹皮はその成長に合うようにひび割れて見事なでこぼこになる。ブナのような滑らかな樹皮は成長が緩やかでひび割れずに育っていくから、ロマンチックな衝動にかられて名前を彫り付けても数百年後にまだ残っていたりする。

樹皮に痕跡を残すのは人間だけではない。誰もが知っての通り、ビーバーにとって樹皮は朝食だ。ハタネズミも樹皮を食べるし、キツツキはキクイムシやシロアリやクモやアリを捕まえようと樹皮にしがみついて突いているし、キバシリたちも窪みや割れ目に隠れている虫を探してするすると上り下りしている。樹皮はそれだけで一つの野生生息地となっているのだ。地衣類やコケ類があちらこちらに生えて彩りを添え、無数の昆虫その他の小生物が這ったり潜り込んだりしている。枯れて森の地面に横倒しになっても、樹皮は菌類や虫類にとっては豊かな生息地となる。

我々人間にとっても使い道は幅広い。大昔、北アメリカの先住民はアメリカシラカンバの樹皮でカヌーを作り、オーストラリアの先住民は住居を、南アフリカの先住民は衣服を作っていた。今はコルク樹皮からコルクが、ゴムの木の乳濁液からはゴムが採れる。樹皮は薬にもなる。たとえばアスピリンはもともと柳の樹皮から作られていたし、ヨーロッパアカマツから採れるフェノール類は関節炎の治療に有効だとされている。

青々として見栄えのいい葉と違って、樹皮はたいてい茶色か灰色だから森林の薄暗さの中に溶け込んで目立たない。よく見ると色合いと質感に深みがあるが、森にある他の色彩の引き立て役となっているだけの控えめな存在である。樹皮のことはつい忘れがちだが、じっと見ていると実は息をのむほど美しいことが分かる。見た目や感触だけではなく、木の生命を守るために与えられた自然の役割を完璧に遂行しているその姿も美しい。

14.

ケンブリッジ大学

数学

私の妻が七か月後に出産するという時に、私の幼い娘は弟が生まれると言いました。娘は正しいでしょうか？

これは数学の質問なので、この少女は千里眼であるという仮説を立てるのはやめよう。もちろん、妊娠二か月では超音波検査には早すぎる。ではどうして生まれてくる赤ん坊が男の子だと少女に分かるのだろうか？　少女には分からない、と即答することもできそうだ。男女とも生まれてくる可能性は等しくある。

ところがこの質問には、基本的な確率論の中の、「確率のパラドックス」、通称「男の子女の子問題」と呼ばれる有名な難問がそれとなく巧妙に仕組まれている――もしある家族に子供が二人いて、片方が男の子

だとしたら、もう片方は女の子か、男の子か？　子供の性別は大雑把なところでは男女半々だから、直観的にはどちらもあり得るという答えになりそうだ。しかしここで確率論を持ち出すと意外な予測が導き出されるという。この理論でいくと、もう一人の子供は女の子になる確率が高くなるのだ。その見込みは二対一だが、理由はあとで述べる。子供が一人であれば男女の確率はほぼ等しいが、子供が二人となると状況が変わり、直感では予想のつかない答えが出てくる。

確率論は二十世紀に飛躍的に進歩し、私たちの生活に多大な影響を及ぼした。原則の無い、あるいは偶発的な、あるいは脈絡なく生じた出来事を研究する（そして予測する）ツールとなるのだから、確率は大切だ。確率を応用した統計学を用いると、天気予報や洪水予測から新薬の安全性や金融市場の変動の計算に至るまでさまざまな物事に適用できる。

ニュートンらの伝統的な数学は、自然界における規則的なパターンについての確かな数学である。確率は規則性のないものを扱う不確かな数学である。一七一三年に死後出版された著書の中で、数学者ヤコブ・ベルヌーイはこれを「推論術」として見事に要約している。

推論術、あるいは推計の技法とは、物事の確率をできる限り正確に見積もる技法のことである。この技法を使えば、最高、或いはもっとも適切、或いはもっとも確実、或いはもっとも慎重であるとみなされたものを元に判断し、行動することができる。

これは賢明な哲学者や思慮深い政治家が唯一目標とするものだ。

確率論を用いると、いつも自然にしていることが、たとえば世の中を理解しようとか、パターンを見つけようとか、類似点や相違点や規則性や不規則性を探そうという時に、驚くほど手際よく、より正確にできる。これを利用して私たちは脅威になりそうなものや社会の改善に利用できそうなものを見つけるのである。

もっとも簡単な例としては、コイン投げで裏または表の出る確率や、サイコロを投げて三回連続6のゾロ目がでる確率（かなり低い）の計算などが挙げられる。非常に高度な例としては、このまま規制なしに二酸化炭素が排出された場合に気象は世界規模でどう変わるかとか、地球が暑すぎて住めなくなった場合に逃げ出せる他の銀河が存在する可能性はどれくらいあるか、などの予測計算が挙げられる。

確率論の貴重な点は、過去に既に起きたことや異なる環境で起きたことを元にして、将来起こりそうなことを推測するツールとなることだ。確実な結論は導き出せないが、現実社会では大いに役立つ。今日、確率論は我々が選択をする際に大いに効果を上げている。

では、確率論でこの質問にある赤ん坊の性別も予測できるだろうか？　この理論を使うと、次のような答えが出る。もし二人いる子供のうちの片方が女の子だと分かっていれば、普通もう一人は男の子である確率が高いと思うだろう。子供が二人いる場合の組み合わせは以下の四通りである。

女—女
女—男
男—女
男—男

一人が女の子と分かっているのだから、男—男の組み合わせは除外される。残りは以下の三通りとなる。

女—女
女—男
男—女

この三つの可能性の中で、二人とも女の子なのは一組しかない。言い換えれば、家族の中に子どもが二人いて、片方だけ性別が分からない場合は、逆の性別の確率が二倍になるということだ。

しかし赤ん坊の性別の予測となると、この考え方に欠陥があることが浮き彫りになる。確率論は誤用されやすいということだ。もしかしたらこの少女は早熟で、自分が女の子なので確率論でいくと次は当然弟が生まれるはずだと考えたのかもしれない。しかしちょっと考えてみれば、可能性は三つではなく二つだけ――赤ん坊は男か女のどちらか――であることは明らかだ。男女どちらの確率も同じだから、この少女には確率論をこのように使ったとしても未来は分からない、ということになる。

では、このような「男の子女の子問題」の考え方のどこに欠陥があるのだろうか？　男―女と女―男を一通りではなく二通りに数えているのがいけない。これが二通りになるのは、性別だけでなく、家族構成、すなわち、生まれた順番を区別した場合の話だ。

しかし、確率ではなくて人口統計学的に、生まれてくる赤ん坊の性別の予測を可能にする資料はないだろうか？　子供の性がみな同じという家庭と、男女ミックスの家庭とはどちらが多いだろうか？　見たところ、男の子だけあるいは女の子だけの家庭がやたらと目立つので、遺伝的にそういう傾向があるのではないかと考えたくなる。私の母は女ばかり六人姉妹の家庭で育ったし、私自身男兄弟が二人いるだけで、姉妹はいない。となると、二人目の子は一人目と同じ性別になりやすいのでは？　実は一九七〇年から二〇〇〇年にかけてジョゼフ・リー・ロジャースとデビー・ダウティがアメリカの家庭を幅広く調査したところ、そうではないことが示された。この調査によると、女―女の家庭は男―男の家庭や男―女／女―男の家庭よりわずかに少なかったが、統計学的には重要視するほどの違いはなかった。三番目の子供にも同じことが当てはまった。男女どちらかに偏る傾向があるということは統計的には証明されていない。

世の中を理解しようとか、パターンを見つけようとか、確率を推測しようとする時に、目立った出来事や偶然の中に正しいと証明されていないことまで読み取ろうとする傾向がある。その傾向が強過ぎて、統計的にはそうではないと証明されているのに、自分の経験からいうと統計の方が間違っているのだと主張したがる人が多い。

とにかくここでは、質問者の幼い娘が意志の力で自分の望んだ弟を誕生させられるかどうかを見極めるためには、翌月実施される最初の超音波健診まで、あるいはもっと先まで待つしかない。もしかしたら本当にそうなるかもしれないし……。

15.

ケンブリッジ大学

法学

もし、朝食の卵にマーマレードを塗る夫の習慣を妻があらかじめ嫌いだと表明していた場合、それは離婚の理由として有効でしょうか？

なんとまあ愉快なシナリオだ！　妻は「ケンコー」のフィルターコーヒーを飲もうとしている、その前で夫は挑発するように目玉焼きにマーマレードをぼとりと落として擦り付け、その指を着古したセーターで拭きとっている。気色《けしき》ばんでいる妻の姿が目に浮かぶようではないか。これは昔ながらのＢＢＣテレビのホームコメディで、離婚の理由というより、コメディ賞受賞の理由になるだろう。

しかし、このように他人の目にはくだらなくて笑える諍《いさか》いにしか映らないものでも結婚生活では重大な苦悩になりかねない。こうした小さな出来事こそ夫婦の深い亀裂になり得るから、実はこれはミセス・バケット[*1]ではなくてマダム・ボヴァリー[*2]のシナリオなのかもしれない。

この妻は夫の奇行を見るたびに自分の選択の過ちに胸がえぐられる思いでいる可能性もあるし、奇癖をやめてくれという妻側のもっともな願いを聞き入れないというのは嫌がらせとも思える。

昔は夫がどんなに残酷で暴力的でも妻の方から離婚することはできず、妻はあくまで夫に隷属しているので性的暴行を受けても肉体的に虐待されても違法にならなかったが、幸いなことに今や男女同権は大きく前進した。夫婦関係が修復不可能なほど壊れていると社会が認めたら、その夫婦は物理的にも法的にも別れることが許されなければいけない。

しかし、一見馬鹿馬鹿しく見えるこのマーマレード卵の設問は、法の世界で離婚がいかに曖昧な領域であるのかを鋭くついている。たいていの国では離婚には「理由」が必要とされる。離婚に関する法律は国によってさまざまだが、夫婦の片方が「この結婚は終わりだ」と言っただけで法的に婚姻を終了することは普通はできない。もちろんそのようなことを宣言したらその後夫婦の間が大変なことになるのは明らかだが。

離婚に関してはイギリスはとりわけ伝統的な路線を守っている。アメリカのほとんどの州（ニューヨーク州以外）やヨーロッパのたいていの国では夫婦双方の同意があれば、「無過失」でも離婚できるようになっている。イギリスでもジョン・メイジャー政権下の一九九六年に導入された「家族法」の一部に「無過失」離婚を取り入れたらどうかという議論がなされた。デイリー・メイル他の紙上で長期間この法案に反対する運動が展開され、結局次のトニー・ブレア政権によって棄却された。

反対派は、「無過失」離婚を認めたら婚姻制度は根幹から揺らぎ、人々は結婚生活を守る努力をしなくなり、いとも簡単に「伴侶を手放す」ようになるだろうと主張した。上院内総務を務めたこともある保守党のヤング男爵夫人はこの時こう言った。「無過失離婚などを認めたら、結婚をテレビ受信許可証以下の価値に貶めることになります。教会で誓いを立てたにしても、登記所で契約を結んだにしても、結婚は破棄しても何の罰則もないことになるわけでしょう。でも受信許可証は支払わなければ刑務所行きの可能性もあります」。テレビ受信料を払わない人も無罪放免にすべきだと言いたいのか、離婚を凶悪犯罪として違反者に禁固刑かそれ以上の罰を与えようと言っているのか、彼女の論点は定かではないが、このような主張が勝利を得て、その結果先進国としては珍しいことに、イギリスでは夫婦のどちらかに過失がない場合は離婚手続きはできないことになっている。唯一「無過失」でも離婚ができるのは、双方同意の上で二年間別居した場合だけだが、この同意は書面で交わされていなければ有効とされない。

ヤング男爵夫人は婚姻の契約破棄にも「罰則」が必要だと発言したが、これによって結婚・離婚には法的な不条理が潜んでいることが注目されるようになった。婚姻は法的な契約であるとして違反したら罰則を加えるべきなのか？　現在、婚姻は法的な契約とみなされていて、この契約を打ち切るには法廷での手続きを踏む必要がある。しかし、かなり以前から法律家の間では、婚姻の契約は非常に変則に富むものとされてきた。

難しいのは、結婚の当事者間の義務や期待のすべてを法律で規定するのは不可能だというところだ。たとえば、夫婦は結婚の誓いを立てる際に互いに愛し合いますと約束するが、こんな約束に法的な拘束力があるわけがない！　時に婚前契約を詳細に書面にするカップルもいるが、そのようなものはなくても普通は問題なく幸せに結婚できる。しかも婚前契約というのは、結婚が破綻した後の財産の分割を明確にするために交わすことが多く、いかにも離婚原因になりそうな事柄には滅多に触れていない。

結婚ほど奇妙な契約もない。カナダの政治哲学者ウィル・キムリッカは結婚についてこう言っている──「契約文書はない、当事者双方が自己防衛のために自身の権利を放棄する、契約条項は再交渉できない、当事者双方ともに契約条項を理解する必要はない、当事者である二者間に限ってのものでなければいけない」。

確かに、結婚を法廷での法的手続きによってのみ破棄できる契約として扱うのは間違っている。そのような考えは、法的側面ばかりを重要視して妻を法律上夫の所有物だとみなしていた時代の遺物だ。幸いなことに、それは昔の話であって、今では世界のほとんどの地域で結婚は二人の成人の間で交わされる双方の合意と考えられている。さらに幸いなことに、離婚はもはや恥ずかしいことではなく、夫婦のどちらかが潔白を証明する必要もなくなった。嬉しいことに、夫婦のどちらかが離婚を阻止するには法廷で闘うのが適当だと考えていた時代もほぼ過ぎ去った。

しかしイギリスでは離婚はまだ司法上の問題とされているので、単純に民事手続きで片づけずに当事者は責任の配分を決め、離婚の「理由」を見つけなくてはならない、ということに理論上はなっている。もちろん、司法側も昔と違って、今は過失の証拠は事実上あまり必要でないことを十分に承知している。実際のところ、「無過失」の離婚を合法としている国々と比べても、今ではイギリスでの双方合意のみによる離婚もやや難しい程度である。

そうなると、離婚理由が必要だというのも上辺だけの話になり、理由の有効性はほとんど問題にならない。となると、夫が卵にマーマレードを擦り付ける行為を妻が離婚の理由になると考えたのだったら、それだけで離婚を認めるには十分だと言えそうだ。他人の意見は関係ない。大切なのは夫婦の決断であって、法廷の判定ではない。法廷が離婚の理由を決めるのに乗り出してくるなんて馬鹿みたいな話だ。結婚が終わっているかどうかは当事者の二人にしか分かるはずがない。

私としては、卵にマーマレードを塗ろうと、トーストのバターを塗った面を下向きにして食べようと、ソーセージにジャムを付けようと、どんな小さなことでも神経に障ることなら離婚の理由として認めるべきだと思う。くだらないことを理由に離婚をしてもいいと言っているのではなく、それでも十分に合法的な理由になると言っているのだ。

結婚という観念は擁護すべきだし、どこの夫婦にもいつまでも夫婦でいてもらいたいし、夫婦である以上困難を乗り越えて共に生きる道を見つけてほしいとは思うが、その過程で法廷が何ら役割を果たすべきではない。ただし、喧嘩を仲裁する時や、子供など夫婦以外の関係者の利益を守る時だけは法律が関与すべきであろう。

もし卵にマーマレードを塗る行為を理由に離婚法廷が開かれたら、法廷はこれを離婚の理由と考えるだろうか？　判決を予測するにはこの夫婦の話をもっと知る必要も、これが単にイライラする程度のものなのか、精神的虐待になっているのかを知る必要もある。私個人としては、この夫婦の生活をもっと聞きたいところだ。

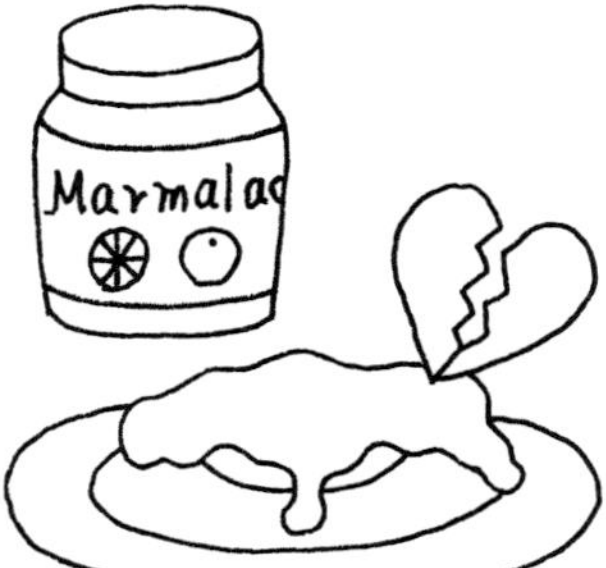

＊1　一九九〇年からから九五年にＢＢＣテレビで放送されたホームコメディ『世間体をつくろって（*Keeping Up Appearances*）』の主人公の名前。いわゆる労働者階級に属しているが、自分は中流、あるいは上流階級の夫人であると思い込み俗物的に振る舞う喜劇的人物。

＊2　フランスの小説家フローベールの作品『ボヴァリー夫人』（一八五六年）の主人公。平凡な医者の妻が不倫を犯して自殺するまでを、主観を排した写実主義の文体で描いた傑作。

16.

ケンブリッジ大学

自然科学

地球はどう回転していますか？

それは見方による。[1] もちろん東へ回転しているので、太陽は東から上り、ぐるりと回って見えなくなる時には西へ沈む。宇宙へ飛び出して北極の上空から見れば時計と反対方向に回っている。

天文学者ならもう少し詳しく、地球は「順行」していると説明するだろう。順行とは単純に同じ向きに回っているという意味である（「逆行」と言うと反対回りになる）。地球の回転は順行である、というのはつまり太陽の周囲を軌道を描いて回るのと同じ向きに地軸を中心に自転している、という意味である。地球は永遠に前転しながら宇宙を旅しているようだ。実は、太陽系の惑星のほとんどは同じ向きに回っている。例外は金星と天王星だけで、この二つはゆっくりと逆向きに自転している。

驚いたことに、自転だけでなく「公転」、つまり惑星の軌道の方向も順行である。しかも金星と天王星も含めたすべての惑星が、太陽の回転と同じ向きに太陽の周囲を回っているのだ。実際太陽系にあるほぼすべてのものは同じ方向に回っている。惑星の周りを回る

衛星まで同じ方向に進む。天文学者により新たに恒星を回る惑星系が発見されると、例外はあるがたいてい恒星と同じ向きに回っている。だから異端児はいるものの、順行運動が支配的なようだ。[2]

天文学者たちは数百年前から太陽系はすみずみまで順行運動をする傾向にあることに気づいていた。一七〇〇年代後半に、カントやラプラスら思想家たちがそれを説明しようとして、太陽系起源説の一つである星雲説に至った。太陽系の起源については諸説あるが、この星雲説は今なお幅広く支持されている。

星雲説によると、太陽系は最初は巨大なガス状の雲、つまり星雲だったとされている。他の雲との衝突か、近くの恒星の爆発が引き金となって、星雲はそれ自身の重力によって内側へ瓦解しはじめ、収縮していくうちに角運動量と呼ばれるものが生じた。

角運動量は宇宙の動きの中では非常に重要な属性である。これがあるから宇宙にあるものはすべて時計仕掛けの巨大なおもちゃのように際限なく回るのだ。動いているものには何にでも運動量があり、同じ方向に動き続けようとする性質がある。運動量の方向が付加的な力によって絶え間なく軌道を外れようとする時に常に生じるのが角運動量で、これは循環する運動量である。宇宙においてはその付加的な力はたいてい重力だ。重力と運動はどこにでもあるものだが、この二つがあるところでは必ず重力が運動を角運動量に変える。だから宇宙には循環運動が行きわたっているのだ。角運動量によって天の川その他の銀河が回り、太陽系が回転し、惑星や衛星が軌道に乗る。地球が自転するのもこの力による。

角運動量で覚えておかなければいけない大事なことは、線形運動量と同じように、これもただ失われることはなく、常に保存されるということだ。星雲説によると、原始星雲に生じたどんなにささやかな回転も、星雲が崩壊していくにつれて勢いが増したそうだ。もともと存在していた角運動量がどんどん小さな空間に押し込められていき、回転が速くなったのである。[3] 角運動量保存の法則と類似しているとよく言われるのがフィギュアスケートのスピンだ。スケーターが両腕を体に引き寄せていると運動量が凝縮されて速く回れる。生まれて間もないころの太陽系はそうなっていたということだ。

星雲説によると、太陽系はもともと一光年の距離にわたり広がっていたものが、ここまで縮んだそうである。だから大きな運動量が小さな空間にぎゅっと押し込められたわけで、星雲の崩壊は巨大な時計仕掛けのおもちゃのネジを巻くようなものだったのだ。もともと球状だった星雲は崩壊する時に物質が凝縮されて平板に伸び、くるくる回るパンケーキ状の円盤になった。その後重力が円盤内の物質を引き寄せていくつもの惑星を形成したが、どの惑星も凝縮された巨大な原始星雲の角運動量によってコマのように回っている。

最初の角運動量は非常に大きく、その後地球がいつまでも休みなく同じスピードで回り続けるのに十分な力を持っていた。地球と月と太陽の間では重力が相互に作用し合い、潮汐力と呼ばれる小さな摩擦力が生じて、ブレーキとして働いている。しかしこの摩擦力が働いても、地球の回転スピードは百年ごとに二・三ミリ秒程度しか落ちない。大気中の気象も地球のブレーキとなって回転スピードに影響を及ぼす。地震が起きると地球の質量は移動するので回転スピードが速くなったり遅くなったりする。二〇一一年に日本を襲った大地震の時には質量が赤道方向に移動して地球の回転が加速し、一日が一・八マイクロ秒短くなった。

以上の私の説明では、地球はどこも同じ速度で回転しているように聞こえるだろうが、そうではない。たとえば北極点か南極点に立っていれば、右回りに一日かけて一回転するが移動はしない。しかし赤道に立っていれば、時速千六百六十七キロメートルで回る。もはや音速より速い。宇宙船がたいてい熱帯地域で打ち上げられるのは、発射時の速度を割り増すためである。

地球内部に入っていっても回転速度は変わる。地球の中心は液状で磁力が強いためだ。地球の中心では磁力を持った物質が回転していて、これが磁場を作っており、さらにこれが中心核の金属に影響を及ぼしている。そのせいで地球の中心核は東へ押され、他の部分よりも速く回転するが、外核の液状部分は反対方向に押されるために地球の他の部分に対してここだけ西向きに回転していることになる。

地球がどう回転しているかという質問に対して、ここまで方向の話ばかりしてきたが、回転の仕方についても少し話しておこう。太陽と惑星の配列から見て、地球は太陽の周囲を軌道に垂直にではなく、わずかに傾いて回っていることは分かっている。北極点と南極点を一直線に結んだ地球軸は、軌道方向に平均二十三・四度傾いている。この傾きのおかげで地球は軌道を回りながらさまざまな地点に太陽の光を直接受けることになり、四季がもたらされる。

実は地球の回転は常に変化している。たとえば四万一千年周期で自転軸は最大で二十二・一度から二十四・五度とわずかではあるがぶれる。また自転軸は歳差運動と呼ばれる円錐形の動き（回転体の回転軸が動く運動）もしており、約二万六千年で一周している。さらにこの歳差運動には十八年から十九年周期の章動と呼ばれる微動も重なる。これは地球の赤道が月と完全な一直線上にないため互いの重力に引かれて回転がわずかにぶれることで生じる。セルビアの天文学者で数学者のミルティン・ミランコヴィッチは、こうした変動のために日射量に変化があり、さまざまな気象が生まれると説明したので、この現象はミランコヴィッチ・サイクルと名付けられた。

一九七八年の映画の中で、スーパーマンはロイス・レインを救うために超人的なパワーを発揮して地球を逆回転させて時間を戻した。もしかしたらいつの日か地球を逆回転させる力が他にも出てくるかもしれない。しかしその日までは、太陽は東から上って西に沈み、それがあるべき姿なのだと言えるだろう。

1

動きを説明する時は常に相関関係が基本になるから、地球は私と同じ方向に回っていると言うこともできる。地球が動いていることは目で見て簡単に分かる、というのは、空の太陽や星が毎日動いており、太陽が地面に落とす影が移動していくのだから。しかし、自分が動いているという感覚はほとんどないので、動いているのは太陽や星の方で地球は永遠に静止しているとずっと考えられていたのも無理はない。今日でさえ、太陽が西の水平線に沈んでいくのを見ていれば、動いているのが太陽ではなくて地球と自分の方だということをつい忘れてしまう。

二千年以上も前にアリスタルコスをはじめとした古代ギリシャの賢い天文学者たちは地球が回っているのではないかと推測した。その手がかりがあまりにも希薄だったために、なかなか証拠が集まらなかったが、十六世紀になってついにポーランドのコペルニクスが地動説をヨーロッパに紹介した。しかし十七世紀になってガリレオが地動説を主張した時には、天動説を正式見解とするカトリック教会に真っ向から対立し、凄まじい論争となって彼は結局自宅に幽閉されてしまった。それから四百年たった今、ガリレオを虐げた教会の長老たちを馬鹿者呼ばわりするのは簡単だ。といってもコペルニクスが惑星は天空で円を描いて公転しているという独創的な（そして正確な）説を打ち出したのに対し、ガリレオが新たに提示した地動説の証拠は望遠鏡を使って金星も月と同じように満ちかけをすることを観測した程度だったが。ガリレオ以降、ニュートンをはじめとした学者たちが物の垂直落下運動から地球の動きを見出そうとしたが、ほとんど成果はなかった。一八五一年になってようやくフランスのレオン・フーコーが振り子を使って地球の動きを証明した。振り子はいつも同じ高さにはずみながら地球の自転に合わせて一日のうちに少しずつ振動方向を変えていく。もちろん今では地球から飛び出して地球の外から地球の回転を目撃できるようになった。

2

実は旋回しているのは惑星や恒星や銀河だけではない。ミシガン大学のマイケル・ロンゴ氏の率いるチームが行ったすばらしい研究により、近年、天の川銀河の北極方向の空の一部に、一万五千以上の渦巻き状の銀河の回転方向を見ることができた。そこで発見したことは、時計回りより反時計回りの方が多いということで、これは重要なことだった。もし大多数の銀河がこの方向に回っているとすると、宇宙は反時計回りの角運動量を持っているに違いないということになる、とロンゴ氏は主張している。その運動量にも起源はあるはずなので、宇宙は回転しながら誕生したのではないかという推測が成り立つ。

3

中性子星の場合この重力崩壊はかなり劇的で、角運動量の凝縮の程度もかなり大きいので、そのような小さな星だと最大で一秒に六百四十二回転することもある！

17.

ケンブリッジ大学

法学

電球の使用に法律は必要でしょうか？

気象変動はリベラルな精神を持った人には何かと厄介なジレンマをもたらしているが、これもその一つだ。難しいのは、気象変動は個人の行動だけで解決できるとは思えない地球規模の問題だということだ。経済学者なら、自己利益のために行動する人々には解決できるとは思えないから、「市場の失敗」の一事例だと言いそうだ。

科学者たちは今すぐ温室効果ガスの、特に二酸化炭素の排出量を減らす必要があることに疑いの余地はほぼないとしている。しかし個人の努力も自由市場の取り組みもこれまで完全に失敗しているので、何らかの前進をはかるには、国民の同意を得て政府主導で一斉に行動を起こす必要があるのは明らかだ。言い方を変えれば、地球規模の大災害を避けたいのなら、政府による二酸化炭素排出の規制が必要なことを認めなければいけないということだ。しかし、政府が規制を行うとなると、必然的にそれを使おうとする人の自由が奪われることになる。だから、気象のための規制措置はいつも論争になってしまってなかなか進展しない。

「電球の使用に法律は必要でしょうか？」という設問にはこうした問題が極めて簡潔にまとめられている。二酸化炭素の排出量を食い止める方策をなんとか打とうと議論した結果二〇〇七年に世界中の多くの行政機関が下した決定は、面白いことに電球の使用に焦点が絞られていた。オーストラリアからアメリカまで複数の政府が「無駄の多い」白熱灯の使用を規制する法案を提出した。

気象変動への対応策としては他にもいろいろな方策が打てたはずなのに、法的措置の第一歩として、なぜ電球が槍玉に挙げられたのか、はっきりとは分からない。おそらく、取り敢えず誰も痛い目をみないから法制化しやすかったというのが理由だろう。国民は何かを切り詰めろと要求されてもいなければ、余分に払えとも言われていない。ただ電球を買い替えるときに新しい種類のに替えればいい

だけだ。だから行政側としては批判や反論を受ける心配はたぶんない、気象変動を食い止める措置を実行したのだから、称賛されてもいいくらいだと思っていた。

しかし蓋を開けてみたら、この「無難な」法案にたちまち議論が起こり、今現在もまだ続いている。白熱灯の使用禁止には何の問題もなかったのだが、それに代わる「省エネ」電球に不備があった。白熱灯はエネルギーを多く消費するかもしれないが、安く（あるいは安かった）、スイッチを入れるとぱっとついて温もりのある暖かい光を発した。

もっとも簡単な代替電球のＣＦＬ《コンパクト蛍光ランプ》（細長い蛍光灯を折り曲げてこれまでの電球の形に近づけたもの）は、このような特質をすべて失っていた。値段が高く、なかなか暖かくならず（寒いところではまったく暖かくならず）、一貫性のないスペクトルを放出するので、どぎつくて不快な明かりだと思う人が多い。ＣＦＬはわずかに明滅もするので偏頭痛などの頭痛を起こす人もいる。そして何より悪いのは、水銀が使われているので廃棄する時には環境に有害であり、使用中に割れたりしたら健康にも害を及ぼしかねないのだ。

しかし、国民を怒らせた最大の理由はその醜い光だった。白熱灯の暖かい光は多くの人が我が家にはなくてはならないと感じているもので、我が家の雰囲気を演出する光なのである。太古の昔のたき火を髣髴させる。それなのに白い人工光に無理やり替えろと言われたから、プライベート空間を犯されたような気分になった。もちろんみんながみんなそう感じたわけではないが、大勢の人が白熱電球の買い溜めという沈黙の抵抗に打って出た。普通の遵法者というものは個人の生活を守るためにこっそりと法を踏み外すのである。

イギリスでは白熱灯の禁止が近づくにつれて、欧州連合の杓子定規な官僚による容赦なき立法に抗議する投書や論説が報道を賑わせた（と言っても、欧州連合の先頭に立ってこの法案を推し進めたのはイギリスだったのだが）。

立法直後に沸騰した議論も、買い溜めた白熱灯の金色の明かりに我が家が包まれている間は収まっているようである。しかし、気象変動の対応策が迫られる中で、こうした法律は正当化されるものなのかどうかという問題が依然としてネックになっている。

電球に関する法律は人の自由《リバティー》を規制する、つまり自分の家で自分の暮らしたいように暮らす権利を阻害するものだと言う人も大勢いるだろう。では、このような法律は個人の自由《リバティー》を不当に抑圧するものなのだろうか？　法に対するイギリス人の考え方に多大な影響を与えた哲学者ジョン・ロックは、そうではないと主張している。彼の思想の中心には、法律の役目は自由《フリーダム》を守ることであって阻害することではないという考えがあった。法律は自由《フリーダム》を阻止したり規制するものではなく、それを守って拡張するためのものなのだ。ただしロックが言うには、「自由《フリーダム》とはすべての人が恣《ほしいまま》にする自由《リバティー》とは違う（一人の気まぐれが他者を支配するおそれがあるなら、誰が自由になどなれるだろうか？）」。

ロックの論法でいくと、自宅で使う電球を選ぶ権利は自分にあるという主張はたちまち却下される。何一つ制限なく選択できる権利を持てるのは、唯一、その選択が他者に何の影響も及ぼさない場合だけだ。そうでないなら、他者の自由を守れるところまで譲歩しなければいけない。となると電球の選択に規制をもうけることは、次世代に呼吸をする自由を与えるために必要なことかもしれない。しかし面白いことに、たいていの国では白熱灯の禁止令は製造と販売にだけ適用されて、使用については免除された。だから、もし白熱灯を使いたくて、しかも見つけることができれば、白熱灯を使う選択肢はまだ残されているわけである。

法律はすべての人の自由を守るのに欠かせない。確かにロックの言う通り、「法律の無いところに自由《フリーダム》はない」。電球の使用規制が、次世代に心地よい生活を送る自由を与えることになるのなら、原則、この法律には問題はないことになる。しかし、問題は、これで本当に次世代が救われるのかということだ。すべての法律が自由を保護しているわけではない。善意で制定されたのに、負の影響を与える可能性のある悪法もある。

私個人としては直観的に、白熱灯禁止法を良い法律だとは思わない。他のさまざまな要因を考慮せずにこれでエネルギー消費を大幅に削減できるとはどうしても思えないのだ。しかも多くの家庭の見た目や雰囲気を大いに損なっているように思えて仕方ない。さらに、政府が実際に何かを行っているというより、何かを行っているように見せるための安直な方策であるような気がする。本当に難しい選択を避ける一つの方法だったのではないだろうか。

気象変動への対策は、世界に大きな道徳的ジレンマを与えている。エネルギー消費と温室効果ガスの排出の削減のためには早急に何かを変えなければいけないのは明らかだが、個人が自らの意志で変えようとしても変えられない、というより、個人では満足のいく変化を起こせないのも明らかだ。

だから規制を敷いて進めていかなければいけない。しかしこれほど多くの利害が対立する社会で、必要な規制をどのように決定すればいいのだろう？　たとえば、先進国は既に化石燃料を大量に燃やして現在の大気問題を生み出しながら利益を得たのに、新興国に化石燃料の使用削減を強いるのは正しいことなのか？　私たちは近い将来いくつもの選択をしていかなければならず、電球は必要な変化の一つに過ぎないのかもしれない。

18.

オックスフォード大学

政治学、経済学

テレポート・マシン（瞬間転送機）をどう思いますか？

一九六〇年代のテレビのSFシリーズ『スタートレック』の中でカーク船長があの不滅の名台詞――「私を転送してくれ《ビーム・ミー・アップ》、スコッティ」――を発して以来、テレポーテーションの概念は一般の人々の意識の中にしっかりと浸透している。テレポート・マシンは究極のSFファンタジー・トラベルだ。ハワイで暮らしながら瞬き一つで職場に自分を転送できるというのに、どうしてロンドン西部のバラムから通勤電車に押し込まれなければならないのだろうか？　自分を転送して土星の第六衛星タイタンの氷海でスケートができるというのに、どうして地元のスケートリンクで満足しなければいけないのだろうか？

　このように人体が空間をひょいと移動するなど突拍子もない発想のように思われるが、驚くべきことに、テレポート・マシンによる移送はサイエンス・フィクション《科学小説》ではなく、サイエンス・ファクト《科学事実》なのである。それも何十年も前から。

　ことの発端は、量子論の根幹にある不確定性に対してアルベルト・アインシュタインが提起したもっともな疑念にある。アインシュタインは、宇宙の森羅万象が蓋然性（たぶんこうなるだろうという確率論）によって決定するという発想には納得がいかなかった。そんなものとても科学的だとは思えない、というわけだ。「神はサイコロを振らない」と聖書外典風に言って、彼は量子論が間違っていることを証明するために思考実験を行った。共同実験者の名前をとって「アインシュタイン＝ポドルスキー＝ローゼン（ＥＰＲ）実験」と呼ばれるこの実験では、一つの原子から一対の粒子が同時に放射されるとした。

アインシュタインは、事物は観測されてはじめてその存在（位置と運動量）が確定するのだという量子論の説に疑問を抱いた。この説でいくと、放射された二つの粒子の位置と運動量＝「スピン」（スピン角運動量）は、実際に観測されるまでは確定しないことになるが、一方の粒子のスピンが観測されて確定した瞬間には、角運動量保存の法則により、もう一方のスピンも確定されなければいけない。たとえどんなに離れていても、宇宙の端と端ほど遠く離れていたとしても。

おかしいじゃないか、え？　やっぱり量子論が間違っているに違いない、とアインシュタインは考えた。[*1] その後一九八二年、さらに驚異的なことに、フランスの物理学者アラン・アスペによって、「ＥＰＲパラドックス」は矛盾のない、現実に起こり得ることだということが証明された。[*2] 二つの粒子は「もつれている」のだと言われる。まるで双子が空間を隔てていてもテレパシーでコミュニケーションが取れるように。

またしても驚くべきことに、この「もつれ」の現象は、この数十年の間に繰り返し繰り返し実証され、現実に機能するテレポート・マシンの基盤となっている。

この着想でいくと、もつれた一対の粒子の片方に何か別の粒子を結合させると、もう片方にも、まるで魔法のように瞬時に同じ結合が再構築されることになる——たとえどんなに遠く離れていても。一九九七年には、ローマの実験室の端から端まで光子がこのようにしてテレポートされた。その後、バクテリアほどの大きさの分子もテレポートされてきた。二〇一二年には中国の科学者たちが一瞬にして光子を九十七キロメートルもテレポートさせた。そして、二〇一三年には、スイスの科学者たちが、電子回路を使ったデータのテレポートに成功した。

　このように、テレポート・マシンはもはや現実のものであり、私はこれを驚嘆すべきことだと思っている。しかし、これだけ進歩したにもかかわらず、今のところ『スタートレック』のように人間を瞬時に「転送《ビーム》」することはできない。人体をテレポートするためには膨大な量のデータを転送しなければならない。ある物理学専攻の学生たちが最近計算したところでは、人間一体に内在する一兆×一兆（＝十の二十四乗）個の原子を再現するためにデータを転送するには、宇宙の歴史の三十五万倍の時間がかかるそうだ！　それにもう一つ問題がある。現行のテレポーテーションの考え方は、対象となる物体を実際に移動させるわけではない——いったんそれを破壊して、別の場所に再構築するのだ。だから、私をここからハバナに転送するには、ハバナで私を再生するためにまずここで私を消滅させなければいけない。この事実が私にもたらす実存的、哲学的危機——はたしてハバナの私は本当に私なのか？——は別として、自分が移動のたびに、あるいは、一度でも塵と化すと考えると私は喜べない。

それに、テレポートは実際に人を移動させるのではなく、別の場所に再現するだけだと言われると、当初思えたほど格別な話でもなくなる。たとえば、スカイプを使えば、元のあなたを破壊することなく、あなたの映像と音声を瞬時に別の場所に送れる。となれば、将来はスカイプでも入力情報にほんの少し処理を加えれば、まるでテレポートされてそこに存在しているかのごとく映像が映し出されるだろうということは、大して想像力を働かせなくても分かる。

同じようにヴァーチャル・スペース（仮想空間）におけるアヴァター（分身）の概念もますます当たり前になり、且つ、進歩している。今や自分の思考をすべてアップロードすることで、サイバー・スペースの中に肉体から独立した自分を存在させようと考える人も当然出てきている。これが実現すれば、「人体テレポート・マシン」はもはやつまらない不用品に思えてくるだろう、まだ全然実現されてもいないのに。

それでも、テレポート・マシンが実現した「ささやか」な粒子の移送は、現代科学最大の偉業の一つである。ささやかとはいえ、このようなマシンが機能したことで、量子論はみごとに確証に至ったのだ。煩わしい（アインシュタインにとっては）と同時にスリル満点の確証だ、なぜなら、我々が住んでいるのは、物理学的には、決定論にではなく蓋然性に基づいて動いている移ろいやすくて謎めいた宇宙であることが証明されたのだから。粒子がある場所で姿を消し別の場所で再び姿を現すという話にはどこか引っかかるところもあるが、もしそれが宇宙の在り方なのだとしたら（どうやらそのようだが）、それを知ることで私たちは新しい可能性を探り、現実をまた新たに見直すことができるだろう。

日常のテクノロジーの中では既に、新たに判明した量子のこの特徴が、あちらこちら小さなところで活用されている。たとえば、コンピューターのフラッシュ・ドライヴは、量子トンネル現象を利用したものだが、これは粒子を遮蔽物（バリア）の片側から片側へ一瞬にして「ジャンプ」させるものだ。テレポート・マシンの概念はその発展とともに、まだ予測もつかないような新しいテクノロジーを次から次へと我々にもたらしてくれるのではないだろうか。きっとそうだと思う。既に科学者たちはデータ送信のできるテレポート方法を開発中だが、これが完成したら今日のものとはまったく違う能力と速度を備えたコンピューターになるかもしれない。

今のところ、私には、宇宙の果てまで私を転送させるために、あるいは、ハワイまで瞬間移動の旅をするために、未来の科学者たちがテレポート・マシンを作るのを待つ必要はない。既に私はテレポート・マシンを一台、この頭の中に持っているから。私の「想像力」というマシンだ。運用費は安いし、いつでも使えるし、さらに行先も到着時間も勝手に決めることができる。時には、起動させるために本や、映像や、音楽や、あるいはオックスフォード／ケンブリッジ大学の面接官の質問が必要になることもある、が、いつもそこにある。

＊1　アインシュタインの相対性理論に従えば、光速よりも速く情報を伝達することはできないので、片方の粒子のスピンが観測されて確定した時点で、もう一方のスピンはその測定の情報を得ずして、また自ら観測されることを待たずに確定していることになる。つまり、はじめからその存在は確定していた、というわけである。

＊2　「EPRパラドックス」は「EPR相関」と呼ばれるようになった。

19.

ケンブリッジ大学

自然科学

一杯のコップの水にはいくつ分子がありますか？

「たくさん」――これが一番シンプルな答えだ。分子はとても小さくて、コップの水にはものすごくたくさんありそうだから、直接数えることはできない。だから間接的にアプローチしなければいけない。と言っても実はかなりシンプルな計算で出せる。その理由は、化学の基礎中の基礎と、物質の原子理論の初歩に立ち返れば分かる。

まずは近代化学の父とも呼ばれるジョン・ドルトンの洞察力にあふれた閃きにまでさかのぼろう。一七〇〇年代後半の科学者たちは、原子の存在は知っていたがみな同じ大きさだと考えていたから、元素ごとに独自の原子があるとは思いもしなかった。ところがドルトンは気体の実験をしている時に、純粋な酸素は純粋な窒素ほど水蒸気を吸収しないことに気づいて驚き、もしかしたら酸素原子が窒素原子より大きくて重いから隙間が少なくなるのではないかと推測した。最初のこの推測も秀逸だったが、次のはまさに天才的だった。

原子を特定するには重量の比を見ればよかったのだ！　その瞬間から今日に至るまで、原子と分子の化学の中心は重さになった。そして、その重さこそこのコップ一杯の水にあ

る分子を数える手段になる。
　ドルトンの見立て通り、原子は各元素の「究極の粒子」であり、原子はごく単純な比率で結合して化合物になる。もしそうなら、化合物に含まれる元素の総重量を測れば、どの元素の原子も相対的に重さが分かるはずだ。簡単で効率的である。ほどなく彼は、当時知られていた元素の相対的な原子量を計算してみせた。
　彼はもっとも軽い気体である水素を基にして、その原子量を一とした。水中の酸素の重さは水素の七倍だから、ドルトンは酸素の原子量を七とした。これもまた単純だ、あるいはドルトンはそう考えた（しかし実際は酸素の原子量は十六くらいである）。
　残念ながら、ドルトンの方法論には欠陥があった。彼は同じ元素の原子同士は結合しないと思っていた。だから常に原子の化合物である分子には、どの元素にしても原子は一つずつと仮定した。彼は間違っていた。

ここへ登場してくるのがドルトンとほぼ同時代の科学者だ。彼がなかなか登場してこなかったのは、その馬鹿みたいに長くて壮大な名前のせいかもしれない。ロレンツォ・ロマーノ・アメデーオ・カルロ・アヴォガドロ・ディ・クアレーニャ・エ・ディ・チェッレート。通称アヴォガドロはイタリア貴族の科学者である。二つの気体が反応して第三の気体を生成するときには、単純な整数比で結合するということは、既にゲイ＝リュサックによって証明されていた。これが本当なら、同温同圧における二つの気体は体積が同じなら同じ数の粒子を含むはずだとアヴォガドロは気づいた。となると、先ほどの整数比は、一つの分子がさまざまな数の原子を結合させうるということになるはずだ。比の計算で問題となるのは、分子比である。分子比を用いれば原子量は正確に測れるというアヴォガドロの考え方を科学者たちが認識するのに、さらに半世紀を費やした。

アヴォガドロはさらに実験を続けて、同温同圧のもとでの気体には、体積が同じならば常に同じ数の原子、または分子が含まれることを証明した。言い換えれば、体積と粒子の数の関係は常に同じだということで、一九六九年以降これはアヴォガドロ定数と呼ばれている。

アヴォガドロ定数のおかげで、一定量の物質の中に粒子がいくつあるかが分かるようになった。もちろん、それは手に負えない莫大な数になるから、これを表すために特別に「モル」という単位が考案された。モル（mole）という名前は、皮膚の黒丸とか明かりの苦手な穴掘り名人とは関係なく、分子 molecule に由来している。

アヴォガドロは一八〇〇年代前半にその原理を提示したが、モルの数値は一九一〇年代になってようやくロバート・ミリカンが見出した。これから私がコップの中の分子を相手にやろうとしていることを、ミリカンは間接的に行った。彼は炭素12の一定質量中の総電荷量を測り、それを最近発見された一電子当たりの電荷で割った。これでそこに含まれる電子数が計算できる。答えはもちろん巨大な数字になる。炭素12の十二グラム中にはなんと原子が6.022×10^{23}個入っているのだ！　とても熱心な科学者たちの中には、毎年10/23（十月二十三日）をモルの日として祝っている……。

この数値はどんどん正確になってきているが、[1]ミリカンが出した数値で私には十分なようだ。モルとは分子、電子、あるいは原子という粒子をこの数だけ含んでいる物質の総量である。水素の原子量は一、炭素12の十二分の一にあたるから、その十二分の一の質量、つまり一グラムの中にこの数の粒子を含んでいることになる。水素一モルは一グラムである。酸素の原子量は約十六だから、酸素は一モルで十六グラムとなる。となると、化学記号H_2Oの水一モルは、1g＋1g＋16gで十八グラムとなる。

つまり、ジョン・ドルトンが二百年も前に行ったのと同様、私の計算の鍵となるのも質量なのだ。私にはコップの水にある分子の数を数えることはできないが、水の質量なら十分に推測できる。コップの水を五分の一リットルとすると、二百グラムとなる。

水の分子量は十八グラムだから、コップの水には十一モル以上（200÷18）の粒子があることになる。これで計算できる。コップ一杯の水の中には、約 $11\times6.022\times10^{23}$ 個、または約 6.624×10^{24} 個の分子があるのだ。約六兆×一兆個だ。

もちろん、おおよその数でしかないが、やり方は正しいから、もし水の重さを正確に測ることができて、現在分かっている正確な原子量を用いれば、コップ一杯の水の中にある分子の数は正確に計算できるはずだ。そして、最初に私が出した答えは正しかったということになる。答えは――たくさん……。

1　$6.02214129(27)\times10^{23}$

20.

オックスフォード大学

工学

どうしたら帆船は風より速く走ることができるでしょうか?

直観で言うと、これは引っかけ問題ではないかと思う。ありえない。丸太が川の流れより速く川を下ることはできない。だからどうしたら帆船が帆を押す風より速く走れるというのだ? 常識だろう? 人を馬鹿にするのも大概にしてもらいたい! もちろん「利口」になって、「船外モーターを付ける」とか、「トラックの荷台に乗せる」などと答える方法もあるかもしれない。しかしこういう奇を衒《てら》った口先だけの答えが面白いのは一瞬でしかない。

帆船の機能をもう一度考えれば、常識からいつも正しい答えが出せるわけではないと分かる。これまでにも常識《コモンセンス》だと思われていたことが、実は常無識《コモンナンセンス》だと気がついた天才がいて、科学の偉大な解明に繋がったこともある。たとえば、二千年もの間人々は、物体は何らかの力で押すか引くかしなければ動きが遅くなり静止するのが自然の理である、というアリストテレスの言葉を常識だと信じていた。天才ガリレオが登場してやっと物体の動きが遅くなるのには摩擦が大いに関わっていることが判明した。物体には静止する性質はない。その逆である。動いている物体はその動きを緩める何らかの力が働かない限り同じ速度で動こうとする、そしてその力はたいてい摩擦である。今ではこの考えが深く根付いているので、こちらの方が常識と思われているが、それもガリレオによって証明されてからの話ということだ。

帆船に関しても常識と思われる答えは正しくないが、実際に操縦経験がある人なら分かるだろう。常識がどうであろうと、現在は後方からの風を受けて進む帆船は非常に珍しい。

しかし最初の帆船はそうではなかった。初期のころは横帆艤装、つまり、マストに取りつけたビーム《梁》やヤード《帆桁》に四角形の帆を、船首と船尾を結んだ線に直角になるようにいくつも張った船だった。単純だが効率はよかった。そして帆は常識で考えられる通り、真後ろから吹く風をとらえた。風が後ろから押すのだから、船は必ず風より前へ、風下へと走った。風を後方から受けさえすれば、船は安定している。もっとも帆の付近とマストのてっぺんの辺りは不安定この上ないが。

風は船の真後ろから吹かなくてもよかった。ヤードはさまざまな方向の風をとらえられるよう四十五度まで傾けることもできた。タッキング、つまりジグザグ進行することで、この単純な仕掛けの帆船は正面から吹く風にさからって前進することもできる（詰め開きの角度は七十度は必要だったが）。しかし、この単純な横帆船では風より速く走ることはできなかった。

しかしその後、といっても今から約二千年前に、おそらく中東のどこかで縦帆船が発明された。革新的な技術なのにその真価は見過ごされることが多かった。単純な横帆船と違い、船首と船尾を結ぶ線に沿って帆を張った。四角い帆もあるが、ごく初期のものは今日アラブのダウ船で見られるような「大三角帆」だった。マストに据え付けられたヤードから三角帆の頂点を吊るし、船尾に向かって斜めに張る。船尾にくる頂点は自由に動かせるように留めてあった。

大三角帆船は横帆船とはまるで機能が違う。大三角の帆は翼のような働きをする。この船はどの角度でも風が当たれば進む。しかも絶好の角度で風をとらえると、帆は弓なりに膨らんで飛行機の翼のように「揚力」を作り出す。湾曲した帆の表と裏では気圧に差が生じるためである。もちろんこの「揚力」は、飛行機の翼のように垂直方向ではなくて水平方向に働くから、船は前方へ引っ張られていく。

帆が風を受けると船は傾きやすくなるから、転覆の危険を減らすには船底のキール《竜骨》が非常に重要となるが、これはまた、船が風を受ける角度を維持して帆が風をはらんだ状態をキープする役目も担っている。船が前進を続けるには、風圧と横からの水圧のバランスが重要になる。

大三角帆を装備した船は詰め開きの角度をさらに小さくして「間切り走り《ビート》」をする。つまり、風上に向かってほぼまっすぐ航行できるということだ。初期の大三角帆船は風を受ける角度は最低でも四十度は必要だったが、現代のヨットでは二十度以下の角度でもキャッチできる。通常のヨットは最大四十五度の角度で風上へ前進できる。レース用ヨットだとそれが二十七度まで可能となる。もし帆が理想的な角度で風を受け続ければ、揚力が十分に生まれて風より速く走ることもできる。この高速航行をうまく実現しているのが現代の双胴船《カタラマン》だ。

最速の双胴船は風速の二倍で航行できるが、砂上ヨットだと三倍の速さで走れる。二〇一二年に、ポール・ラーセンがレジャー用高速三胴水中翼船の〈ヴェスタス・セルロケット〉号で六十五・四五ノット（時速百二十一・二一キロメートル）に至り、帆船の世界最速記録を打ち立てたが、これは風速の二・五倍だ！　ラーセンはもっと速く走れると確信している。

21.

ケンブリッジ大学

物理学

なぜテニスボールはスピンするのですか?

テニスファンにとって、クレーコートでのラファエル・ナダルのパーフェクトショット以上に見惚れる光景はない。ボールが弧を描いてネットの上のかなり高いところを通過する。落ちてくる、大き過ぎたか? 観衆がため息を漏らす。とその時、糸で操られているのか、はたまたナダルの意志が働く魔法の磁場に入り込んだかのように、ボールは突然ストンと落ちる、ライン上に。イン! これで終わりではない。ボールはクレーコートの土を一瞬巻き上げつつスピンして跳ね

返ると、急に速度を増すので相手選手はタイミングを外されて打ち損なう。かのナダルのトップスピンにしてやられたのである。クレーにおけるナダルの真似は誰にもできない！　世界屈指のプレイヤー、ロジャー・フェデラーがフォアハンドから繰り出すスピンボールは、驚いたことに一分間に二千七百回転する。しかし、それもナダルとは比べ物にならない。ナダルのスピンボールは一分間に五千回転する。

もちろん、ボールはいつもスピンするわけではない。ラケットに直角に当たって無回転のままネットを越え、ニュートンの重力の法則に適《かな》った動きをすることもある。その場合、プレイヤーの力強い一打による加速度が重力に負けた瞬間からボールは地面に向かって下降線を描きだす。そして相手サイドの地面に落ちると、着地時とほぼ同じ角度で（しかし反対側に）跳ね返り、コートのエンドラインに向かって飛んで行く。

とはいえプレイヤーが飛んでくるボールを直角に打ってそういうことになるのは実際にはかなり稀だ。ボールを直角に打つということは、つまり、ラケットをボールが飛んでくるのと正反対からスイングさせるということだ。少しでもずれれば違う現象が起きる。

ラケットはボールをとらえると、その表面を擦ることになるからラケットとボールの間に摩擦が生じ、ボールは一瞬だがガット面を転がる。そしてラケットから跳ね返される時に、そのまま転がり続ける、つまり、スピンするのである。ボールをとらえる角度が水平に近ければ近いほど、そしてスイングが速ければ速いほど、ボールの回転は勢いを増す。といっても、ボールに当たった時のラケットの主力が前方に向いている場合だが。最大の回転をつけるためには、プレイヤーは最高速度でボールを打つ、と同時に、ボールがネットを越えるよう前方に送り出さなければいけない。

ラケットがボールの上側を撫でた場合、ボールの上側は前方に回転し、下側は後方に回転する。この向きで回転しながらボールは相手のプレイヤーに向かって飛んで行く。これがトップスピンである。普通バウンドしたボールはこの向きの回転で飛んで行く、ということは、これにトップスピンをかけるとなると逆回転させることになるので、かなりの力が必要となる。

そして、ラケットがボールの下側を撫でた場合は、ボールの上側が後方に回転し、下側が前方に回転する。ボールは後ろ向きに回転しながら相手のプレイヤーに向かって飛んで行くことになる。これがバックスピンだが、これを打ち返すにはバウンドしてきたボールの回転と同じ方向に回転をつけることになるから、トップスピンほどの力は必要としない。

回転しているボールは空気と相互に作用しながら空中を移動していく。テニスのボールの表面は毛羽立っているので、回転すると摩擦が起きてボールの周囲に空気の薄い層ができる。トップスピンがかかっているとボールの前方の空気は上から下へ流れ、ボール後方ではそれが逆向きになり、ボールの上側後方には乱気流が続いていくことになる。推進力が落ちるとボールは下降線をたどり出すが、こうなると空気抵抗と乱気流の勢いが増して、ボールは重力だけが作用しているときよりも速く急激に落ちる。

アイザック・ニュートンはいち早く一六七二年に、ケンブリッジ大学の学友がテニスをしているのを見てこれに気がついた。しかし、この現象は一八五〇年代にこれを研究したドイツの物理学者グスタフ・マグヌスの名を取って、マグヌス効果と呼ばれている。マグヌス効果はさまざまな球技で発揮されている。スピンボールを得意とするクリケットの投手は、これでバッターの予想を欺く。野球のピッチャーが投げるカーブボールも同じだ。マグヌス効果は空気の状態に左右されやすく、湿度が高いと効果が顕著に現れる。追い風に乗ると、効果は絶大になる。

スピンボールを打ち返すプレイヤーにとって困るのは、空中でのボールの軌道が読めないことだけではない。着地したとたんに思いもよらない方向にバウンドするのである。トップスピンがかかっていると、地面に落ちたと思う間もなく、通常以上に回転数を増して、さらに着地時より速度を増して跳ね返ってくる。バックスピンだと逆の効果を発揮し、ボールはバウンドしたとたんに空中で静止したようになる。クレーコートだと着地時の摩擦が増すので効果は増大する。一方、つるりとした芝の上では、特に芝が濡れている時には、効果は小さくなる。

波に乗った時のフェデラーは、まさにテニス史上最高と言うにふさわしいプレイヤーで、彼の打つボールは信じられないほど速くて正確だ。しかし、その彼でもスピンの王者ナダルが対戦相手の時には芝のコートの方を好む。クレーコートでナダルに勝つのは至難の業なのだ。この原稿を書いているまさに今、スピンボールが「クレーの王者」ナダルに全仏オープン八回目の優勝をもたらした。

22.

オックスフォード大学

考古学

ムッソリーニは考古学に関心があったのでしょうか？

ベニート・ムッソリーニほど考古学への関心をおおっぴらにしていた国家元首は、そうはいない。二十世紀にこの「イル・ドゥーチェ」[*1]に劣らぬ考古学熱を見せていたのはヒトラーとスターリンだけ（というのも意味ありげなこと）だ。ムッソリーニはフォロ・ロマーノやコロセウムなど数多くのローマ遺跡の発掘を命じ、ネミ湖の水を抜いてカリギュラの時代から湖底に沈んでいたローマ船二隻を発掘するというプロジェクトを国家事業として認可した。いや、彼はこうした事業を認可しただけでなく発掘を積極的に推進し、たびたび発掘現場に足を運んで採掘品を自分の目で確認もした。

確かにムッソリーニは古代ローマとの繋がりを可能な限り利用しようとした。ファシストのシンボルマークも、「ファシスト」という名前そのものも、古代ローマのファスケス（束桿）から取っている。ファスケスとは斧の柄に樺の枝の束を縛りつけたもので、古代ローマではこれを権威の象徴に用いていた。ムッソリーニは、我こそは第二のアウグストゥスなり、と思いたかったのだ。

面接官はそういうことをすべて承知した上で、しかもそれがムッソリーニにまつわる数々の有名な実話の一つであることも分かっていて質問していると思われる。というのも、彼のこれ見よがしの古代ローマ熱はイタリア国内で絶賛されればされるほど、当時でさえ外国からは嘲笑された。つまりこの設問では、ムッソリーニの考古学熱には胡散臭いところがあるということが仄めかされているわけだ。

もちろん、ムッソリーニの真意を知る術《すべ》はないから、状況証拠に照らすしかない。そしてもちろん、ムッソリーニほど不快な国家元首の話をするとなれば、一つの偏見もなく語る自信は私にはない。こいつは手下の警察に好き放題拷問を許し、子供を誘拐させた男だ。敵対する人物を大勢死に追いやった男だ。ユダヤ人を排斥した男だ。リビアとエチオピアで大量殺戮を命じた男だ。こいつは人々が「少なくとも彼は列車を時刻表通りに走らせた」とだけ言って、あえて口を閉ざすことでその罪を糾弾した残忍な独裁者なのだ。

自分の犯した罪は目的のための手段であるとぬけぬけと言ってのける人間が、政治目的抜きで何かに関心を寄せることがあるとはとても思えない。その行為のすべてに裏の動機があると思ってしかるべきだ。そして考古学に寄せた関心にも、それはいかにも当てはまりそうだ。

ヒトラーとムッソリーニ、そしてアルバニアの労働党第一書記だったエンヴェル・ホッジャは——三人とも残忍な独裁者だった——考古学に似たような関心を寄せたが、それは決して偶然のことではない。この三人が同じような関心を示したということだけでも、これが個人的なものではなくてあるパターンの一徴候であるという強い証拠になるのではないだろうか。もちろん、そうなのだ。

リーダーというのはいつも過去に関心を持つ。過去は自分の現在と未来を正当化してくれるから。今の自分の地位が歴史によってもたらされたのなら、それを民衆に知らしめなくてはいけない。いつの時代も、所有権は祖先から譲られる。しかし国家がそれぞれの権利を主張して国民国家としてのアイデンティティを確立しはじめた十九世紀から二十世紀になると、歴史は格別重要になった。ドイツの詩人で思想家のヨハン・ゴットフリート・ヘルダー（一七四四―一八〇三）は、「民族精神」、つまり歴史と祖国から生まれる国民性の重要性について語った。歴史は自分が何者で、他の国民とどう違うのかを示す一手段になったのだ。過去が強烈であればあるほど、自分のアイデンティティも強くなる。十九世紀の間に国粋主義《ナショナリズム》は過去への関心と手に手を取って成長した。帝国主義が隆盛期を迎えていたイギリスでは、「アーサー王と円卓の騎士」が再びブームになっていた。スコットランド人はスコットランドの義賊ロブ・ロイの物語[*2]に夢中になっていた。

しかし、ヒトラーとムッソリーニの政権下では、過去への関心は極端に走り、醜悪な事態へと向かっていった。ヒトラーは他民族の血が入る以前の、英雄たちが活躍した古代を讃えた。「過去に偉大な文化が滅びたのは、その生みの親である民族が他民族の血で穢されて消滅した時だけである」と彼は書いている。ムッソリーニの考え方も似たようなものだった。ただし、彼にとってのイタリアの過去の栄光は古代ローマ帝国だった。皮肉なことに、その古代ローマ帝国は紀元九年にトイトブルクの森でアルミニウスの率いるゲルマン諸族によって倒され、ドイツ人はその時こそが自民族の歴史における決定的瞬間であると見ている。

ムッソリーニの目には、古代ローマ帝国はイタリアの文化が到達しうる頂点だと映っており、彼は自分の政権下で再びそこに至ろうとした。古代ローマ帝国のプロパガンダ的価値は計り知れず、彼は機会があれば逃さずそれと自分を結びつけた。ファシスト政権下では年号はローマ数字で表記された。挨拶も、ブルジョア的で軟弱な握手はやめて、硬派なローマ時代の敬礼にした。フォロ・ロマーノとコロセウムの発掘が完了すると、遺跡とヴェネツィア広場のファシスト党の拠点を結ぶ新たな道路を建設した[*3]。このロマニタス（ローマ的であること）の推進力になったのは明らかに考古学への関心ではない。イメージ作りだ。当時ムッソリーニ自身もこう書いている。「私の目標は単純である。私はイタリアを偉大で、みんなに尊敬されて、恐れられる国にしたいのだ。太古からの高貴な伝統にふさわしい国にしたいのだ」。イタリアにとって、いや、当時のファシスト党員にとって、ローマ遺跡とは畏怖と尊敬の対象であり、それ以上のものではなかった。

ムッソリーニが考古学そのものを軽視していた証拠は、そのやり方を見れば一目瞭然である。確かに彼の時代には、近年のどの政権とも比べ物にならないほど多くの遺跡が発掘され、現在のローマがフォロ・ロマーノのような観光資源に恵まれているのは彼の古代ローマ熱のおかげと言える。しかし、その大量発掘が問題だった。未熟な低賃金労働者の手によるやっつけ仕事の、まやかしの考古学だ。考古学者の判断材料となる小さな人工遺物や何層にも重なった細かい貴重な資料などはすべて、見栄えはするが考古学的資料としては必ずしも勝るわけではない遺跡発掘のために、無残に打ち捨てられてしまった。

さらに、ムッソリーニが考古学に関心がなかった証拠は、帝国時代の遺物以外のローマの過去を（そればかりか目の前のローマも）完全に無視した彼の態度にある。中世とそれ以前の興味深い歴史的建造物は、個人の家だろうが教会だろうが、帝国の遺跡を発掘する時に破壊され、遺跡の上に住んでいた人々は、宝物を手に入れるために町はずれに追いやられた。

要するに、完全な確信には至れないが、ムッソリーニのしたことから考えると、彼は自分自身とファシストと彼のイタリアのイメージ・アップに繋がる限りにおいてのみ、考古学に関心があったのだ。間違いない、彼は考古学的な功績は残したが、考古学には興味がなかった——そのせいでどうなったか？　ムッソリーニにとって過去とは略奪するものであって、探索するものではなかったのである。

＊1　「総帥」を意味するドゥーチェ duce に男性単数名詞の定冠詞イル il を付けた「イル・ドゥーチェ」は、ファシスト党首ムッソリーニの称号として用いられた。
＊2　山賊ロバート・ロイ・マクレガー（一六七一―一七三四）の通称。もともと牧畜業者であったが、反体制的な姿勢を示したびたび投獄され、一味を率いて山賊行為を働きもしたが、

後に義賊として伝説化された。一八一七年にはスコットランドの作家ウォルター・スコットが、彼をモデルにした小説『ロブ・ロイ』を発表している。

＊3　ムッソリーニはローマの中心にあるヴェネツィア広場を臨むヴェネツィア宮殿に執務室を置き、このバルコニーからたびたび民衆にスピーチをしたことでも知られる。ヴェネツィア宮殿の名前は、十五世紀にヴェネツィア出身の教皇パウルス二世の邸宅として建てられ、十八世紀末までヴェネツィア共和国の大使館として使用されたことに由来する。

23.

オックスフォード大学

英語・英文学

詩は理解し難くあるべきですか?

確かに、多くの場合詩はとてもとても難しくて理解できない。詩にはほとんど興味のない人たちが掲げる最大の批判もたいていはこれだ——思わせぶりなエリート志向か、難解のための難解を追求しただけの退屈で意味のないものだ、価値のあることを言うならみんなに分かるように言えばいい——こういう厳しい反応も当然だ。言われていることが分からなければ自分は馬鹿だから除け者扱いにされているという気分になるだろう。まるでディナーパーティに招かれたのに、夜通し分からない外国語で話されているようなものだ。

もちろん、とても分かりやすい詩もたくさんある。マザーグースなら幼児にも分かるが、それはそうだろう。歌詞も大概は分かりやすくて安直に思えることさえたびたびあるが、古い民謡となると情感を率直に歌った抒情詩や力強い叙事詩が多く、ワーズワースやコールリッジのようなロマン派の詩人たちのインスピレーションをかき立てた（しかし、ワーズワースやコールリッジたちの詩も多くの同時代人にとっては不明瞭で、彼らの新しい文体は難解に思われた）。

詩人が書くと単純な詩も奥が深くて力強い文学作品になる。ということは、単純な詩が必ずしも軽々しくて陳腐で、難解な詩が重みがあって洗練されている、というわけではない。ウィリアム・ブレイクの「ロンドン」を例にとってみよう。

私は煤で汚れた通りを歩く、
その脇を煤で汚れたテムズが流れる。
通りで出会う顔また顔に
弱さの印が、嘆きの印が見て取れる。

すべての人のすべての叫びに、
すべての幼児の恐怖の叫びに、
すべての声に、すべての呪いに、
精神が鋳だした足枷の音が響く

煙突掃除の子は泣き叫び、
黒ずむ教会に人々は愕然とし、
憐れな兵士のため息は、
宮殿の壁を血となり流れる

だが真夜中の通りに一段と響く
若い娼婦の嘆きと呪いに
赤子の涙は吹き消され
病魔に憑かれ結婚も棺と枯れ果てる。

これなら大抵の人は（音読すればことさら）すぐに理解できる。同じようにエリザベス・バレット・ブラウニングの書いた「私はあなたをどのように愛しているでしょうか？」のようなロマンチックな詩も（難解なところは数か所あるが）分かりやすい。

私はあなたをどのように愛しているでしょうか？　挙げていきましょう。
目に見えぬ存在の目的、理想の恩寵を
求めて、私の魂が届く限り
深く、広く、高くあなたを愛します。
陽光の下でもキャンドルの灯りの中でも
物言わぬ日々の必需品のごとく愛します。
殿方が権利のために闘うように、なりふり構わず愛します、
殿方が称賛から顔をそむけるように、純粋に愛します。

かつて悲嘆に注いだ情熱をこめて
子供時代の忠誠をこめて、愛します。
聖者たちと共に失われたと思われた
愛をこめて愛します――一生分の息と、
笑みと涙をこめて愛します！――神が望めば、
死してなお一層あなたを愛します。

二篇とも偉大な詩だ。表現力、言葉のリズム、鮮明なイメージ、そして感情の高揚、これらの要素を備えているから最高ランクに数えられている。ただのヘボ詩と違ってずっと想像力と知力がかき立てられる。人の心にいつまでも深い感動を残すから偉大なのだ。追憶の旅に出て人生の何かを学んだような気分にさせてくれる。
ブレイクの「ロンドン」は、想像を絶する残酷な都市のイメージが頭から離れなくなるほど力強く、心が乱される。本当に強烈過ぎて、ブレイクの時代のロンドンだけではなく、今日のロンドンを見る目まで変わる。ブラウニングの愛情の描写は、恋をすればたいてい誰でも理解できる感情であり、そうなりたいと望むものだが、彼女の比喩と言葉の選択によって恋愛感情は凡人には想像もつかないほど壮大で美しいものへ昇華されている。といっても、ブラウニングの詩に触れれば私たち凡人の胸にもずしりと響いてくる。そうだ、確かに愛するとはそういうことだ、私だっていつの日かそういうふうに感じたい。ああ、恋をするとはまさに……言葉では（私たちには）表現できないわくわく感！

この二篇は偉大な詩ではあるが、概して理解しやすい。だから、すぐれた詩が必ずしも難しくなければいけないことはないわけだ。奥深くて優れているのに近づき難くはない詩があるなら、なぜ詩は難しくある必要があるのだろう？

もちろん困ったことに、ダメな絵画や音楽と同じように、曖昧と難解のベールに身を隠しているダメな詩はたくさんある。しかしだからといって、難しい詩がすべて技巧をひけらかすだけの表面的なものというわけではない。永遠に記憶に残るような最高の詩は、私たちの人生経験を高め、観念や感情を広げてくれる。それは単純な言葉で為し得ることもあるが、難解な言葉と難解な比喩と難解な観念を使わなければできないこともある。エリザベス・バレット・ブラウニングの詩のテーマであり対象であり、彼女の夫となった詩人ロバート・ブラウニングはこう書いた。「人は人の理解を超えたところへまで到達すべし、さもなくば、天は何ゆえ存在するのか？」

ブレイクとエリザベス・バレット・ブラウニングの詩を私は単純だと書いたが、それでもポップミュージックの歌詞に比べたら難しい。それには理由がある。最高の詩と多くのポピュラーソングの歌詞（やへボ詩）との間には大きな溝がある。どちらも韻律の整った言葉とイメージを駆使して詩の特徴を備えてはいる。しかし、詩というのは言葉や比喩表現が素朴でも観念は安易ではなく奥深いから、一読した後もずっと記憶に残るのである。

といっても、詩人が関心を寄せる新しく貴重な経験や洞察は、難しい詩によってのみ伝えることが可能なこともある。それは複雑で難解な言葉や比喩や概念にぶつからないと、知性や感情が働き出さないからかもしれない。あるいは、詩人の書いている設定そのものが難しいのかもしれない。詩は死や愛の痛みなどの難しいテーマを扱う。だから難しい詩にしないとそれを十分に追究できないのかもしれない。

アメリカのモダニスト詩人ウォレス・スティーヴンスは「詩は破壊力だ」と書いた。[1] もちろんいつも破壊的というわけではないが、もっとも広い意味ではそうだと言えるかもしれない。詩は読者を徹底的に揺さぶり、動揺させ、理解できないほど難しいこともある。詩は人生の不快で難解な領域を扱う。いや、そういう領域を詩にしない方がいいと言っているのではない。確かにそういうテーマに多くの偉大な詩人たちは自然と惹きつけられているが、それは挑み甲斐があるからである。

さらに、読者にとっても挑戦を突きつけられるのは面白く、たとえ部分的にでも理解できると心がはずむ。難しい詩はかなり勉強のし甲斐がある。一見難しそうに見えても努力をして追究するだけの深い価値があると察知したら、徹底的に理解できるまで取り組めばよい。そうすれば新たな洞察によってその詩をより豊かに体験できるかもしれない。それには歴史に残る古い詩の方がずっとやりやすいだろう、というのは長年の評価に耐えてきたということは、多くの人が偉大な詩であり勉強する価値があると証言しているということだから。そこへいくと、現代詩人の作品は必ずしも努力のし甲斐があるとは言えないかもしれないので、難しい。

今日の私たちがシェイクスピアを読むのはまったく容易でないが、努力をするだけの価値は間違いなくある。私の経験から言って、これは本当だ。シェイクスピアが韻文に込めた細かい意味の一つ一つを理解しようと努力すればするほど、見返りは増す。シェイクスピアのセリフの意味を十分に理解していない俳優が喋るのを聞くと、がっかりする。よく理解している俳優が喋ると観客である私たちまで理解できるから面白い。

詩はもともと口で語られるものだったが、面白いことに今その形式が再びはやっている。ラップの歌詞やポエトリー・スラム[*1]のおかげで、昔ながらの文字で書かれた詩なら避けて通りそうな若者も詩に興味を持つようになった。こういう詩は認識しやすく琴線にすぐ届く。複雑なリズムにのせて大きな課題をテーマに掲げているものもあるが、難しくて理解できないということは滅多にない。ところが私には個人的に難しい。知的に入り組んでいるからではなくて、私の耳がそのリズムや言葉の選択やアクセントについていけないからだ。この類の詩は、シャープであるとか都会的であるというスタンスをとっていて、明らかに難解さを売りにはしていない。だからこの難解さは私みたいな人間にとってだけの副産物ということだ。

しかしそうなると、従来の「難しい」[*2]詩にまた面白い見解が出てくる。難しいのはその人に馴染みのないリンガ・フランカだからなのかもしれない。一例としてジェレミー・H・プリンの詩「すじ〜〜〜つもり〜〜〜アルトワの井戸の周り」('Streak〜〜〜Willing〜〜〜Entowage Artesian', 二〇〇九)を挙げてみよう。[2]

雲が地平線を踏んでいく時にどれほど擦り切れていようと量感が抑えられるほどに天井の蛇腹は淡黄褐色に染まり、従属物から喚起されたシンボルマークと語られた姿がそこに向かって走っていくのが見えた。なぜなら本質的に走ることはその水門を……

確かに一筋縄ではいかない！　プリンのファンたちが書いているところによると、かつてこの詩人には思わせぶりで曖昧だというイメージが付いて回っていたが、それは誤りで、彼はこの百年に現れた偉大な詩人の一人なのだそうだ。私には彼が何を言いたいのか分からないが、興味をそそられるところも多いし、プリンの詩の「言語」を学ぶ努力をしたら報われるかもしれないと感じるところも多々ある。実際、あまり理解はできないが大いに引き込まれる。

だから詩は理解し難くある必要はないが、多くの場合、難しいテーマに取り組んでいるか、あるいは読者が取り組むものである必要は、ある。安易に理解しやすい方向に流れると、凡庸になり下がる危険がある。単純な詩にも傑作はある。しかしもっとも難解な詩にも傑作はある。さすがシェイクスピアだ、彼はそのような詩人の妙技を見事なまでに謙遜気味に、と同時に愉快に説明してくれている（もっともシーシュースは悪口として言っているのだが……）。

狂人、恋人、それに詩人といった連中は、
すべてこれ想像力のかたまりと言っていい。
（中略）
詩人の目は、恍惚とした熱狂のうちに飛びまわり、
天より大地を見わたし、大地より天を仰ぐ。
そして想像力がいまだ人に知られざるものを
思い描くままに、詩人のペンはそれらのものに
たしかな形を与え、ありもせぬ空《くう》なる無に
それぞれの存在の場と名前を授けるのだ。
そのような魔術を強い想像力はもっているので、

シェイクスピア『夏の夜の夢』五幕一場
シーシュースのセリフより（小田島雄志訳）

1　これは一九四二年の詩集 *Parts of a World* に収められた一篇のタイトルである。
2　二〇一一年の『ロサンゼルス・レヴュー』に作家ジェフ・ニコルスンがプリンについての非常に興味深い記事を寄せた。ニコルスンはケンブリッジ大学ゴンヴィル・アンド・キー

ズ・コレッジ英文学科の入試でプリンから面接試験を受けた時の恐ろしい体験と、大学でプリンから教えを受けた様子を語っている――「先輩たちがプリン先生を座らせて『ジェレミー、あなたの詩は一体全体何を語っているんだ？』というようなことを言ったところ、先生が見事に説明してみせたので、先生を疑っていた学生たちもみな熱烈な崇拝者に宗旨替えしたという話を私たちは聞かされていた。私の同期たちは先生に詰め寄りはしなかった。先輩たちがしたことはしたくなかっただけかもしれないが、何にしてもそういうことは必要なかったのだ。先生の詩を『理解』していようといまいと、私たちは既に熱烈な崇拝者だったから。分かり難いところも魅力だったのだ」。

＊1　制限時間内に詩（既成、自作を問わない）を朗読して、その内容とパフォーマンスで優劣を競うもの。一九八〇年代にアメリカの詩人マークス・スミスがシカゴで始めたとされているが、現在ではドイツ、イギリス、韓国、日本など世界各地で文学イベントとして開催されるようになっている。

＊2　異なる言語を使う人たちが意思の伝達のために用いる言語。中世以降の地中海沿岸貿易で使用する言語として、イタリア語にフランス語やギリシャ語やアラビア語などを混ぜたもの。

24.

オックスフォード大学

数学

マイナス1の平方根は何ですか？

これは数学においておそらくもっともとらえにくい数だろう。千年もの間偉大な数学者たちがこぞって頭をひねりながらまだ完全には答えが出ていない。1だけではなく、負《マイナス》の数はどれもそうだ。平方根とは二乗してもとの数に戻る数でなければいけない。つまり、9の平方根は3（3×3＝9）、4の平方根は2（2×2＝4）、そして1の平方根は1（1×1＝1）。しかしマイナスの数の平方根となると難しい、なぜなら負の数に負の数を掛けると、たとえば－2×－2＝(＋)4や、－1×－1＝(＋)1のように正《プラス》になるからだ。

だからマイナス1に限らず、どうすれば負の数の平方根を求められるだろうか？　実は求めることはできないので、数学者たちは「虚数」と呼んでいる。存在しないように思われるのだから、「不可能数」とか「愚数」とか「ドアホ数」など別の名で呼んでもいいかもしれない。しかし、今日ではこの虚数なしの生活は難しくなっている。最先端の量子科学でも必須だが、航空機のウィングや大規模な吊り橋の設計にも欠かせない数になっている。実数では表せないので想像上の数だが、現実の世界にあるのだから現実的なものである。つまり、想像上のものであると同時に現実的なものであり、不可能な数だが可能な数でもあるという逆説に満ちた数なのである。

この両義性を発見したのは大昔の古代エジプト人たちだった。約二千年前の偉大な数学者アレクサンドリアのヘロンは、ピラミッドの上部を水平に切り取った体積を計算しようとしてこれに出くわした。計算の中でヘロンは81－144の平方根を出す必要に迫られた。答えはもちろんルート・マイナス63（$\sqrt{-63}$）である。計算不可能な負《マイナス》の平方根だから、ヘロンは単純に符号を正《プラス》に変えて答えをルート63（$\sqrt{63}$）とした。もちろん完全にごまかしたわけだが、ヘロンには他にどうすることができただろう？　当時は負の数でさえ怪しまれていたのに、負の平方根などもってのほかだった。

中世の数学者たちも三次方程式を解く時にこの問題に出くわすことがあったが、負の平方根は「あり得ない」数としてただ捨て置いていた。その硬直状態をついに打開したのは、悪評高き（と伝えられている）ジロラモ・カルダーノというイタリアの占星術師だったが、たぶんあり得ない問題に答えを出すには門外漢が必要だったのだろう。カルダーノは最後にはヴァチカンの占星術師にまでなった人物だが、それ以前の一五四五年に書いた『偉大なる術（アルス・マグナ）』でマイナス1の平方根を探りはじめている。彼はこういう数はまったく使い物にならないとしながらも、計算可能な数だと主張した。

ラファエル・ボンベッリは一五七二年に出した著書『代数学（アルジェブラ）』の中で負の数についてさらに建設的な発言をしている。ボンベッリは虚数を二つ掛けると必ず実数になることを証明した。最初は彼自身も自分の言っていることに半信半疑だった。「すべてが真実というより詭弁に頼っているように思えたが、長期にわたって研究し、私はついにこれ［この現実の結果］が事実であると証明するに至った」と書いている。

次の二百年の間、大勢の数学者たちが負の平方根を認めるだの、手に負えないから却下するだのと、自分の意見を発表し続けた。そしてついに、スイスの天才数学者レオンハルト・オイラー（一七〇七―一七八三）がこの難問を解決した。彼は「虚数単位」を導入して、その記号をiとした。iは二乗するとマイナス1になる想像上の数である。だからiはルート・マイナス1（$\sqrt{-1}$）と書くこともできる。オイラーは、いかなる負の数の平方根も、その数の平方根×iという単純な数式に含むことができると見抜いた。さらに彼は、$\sqrt{-1}$や$\sqrt{-2}$や$\sqrt{-3}$などすべての負の数の平方根は虚数だが、「虚」といっても意味がないという意味ではない、単に数学上の用語である、とも言った。

iは単純そのものの記号だが、この天才的な解決法のおかげで数学者たちはマイナス1その他の負の数の平方根もiと表記することによって他の平方根といっしょに方程式で使えるようになった。ということは、数学者たちはもはや虚数の根本的な性質を論じる必要なく、実用的なツールとして使えるようになった、ということだ。

しかし逆説はまだそのまま残っている。オイラーはiを発明して虚数単位の概念を確立させて虚数を現実のものとしたが、それと同時に彼はこれはあり得ない数だとも認めていた。「虚数は無ではないが、無以上のものでも無以下のものでもなく、そうなると必然的に想像上の、あるいはあり得ないものとなる」。懐疑的な学者も大勢いたが、オイラーはひるまなかった。数学的に機能するなら、虚数は実数と同じように現実の数である、と彼は考えていた。

オイラーの鋭い考察のおかげで、さまざまな学問分野において、答えがすべて出揃っていなくても探究はできるということが分かった。マイナス1の平方根という虚数が何であるのか、その中心のところはまだ謎かもしれないが、だから使用できないということにはならない。ニュートンも、「遠隔作用」の働きを分かっている振りは一切せずに、重力理論を数学的構成概念としてのみ提唱した。未だに重力の働きは分かっていないが、ニュートンの理論は今もなお科学の重要な礎石の一つである。そして虚数もまた本質的なところは今日なお謎のままだが、実用面では大いに価値があると証明されており、高等数学を扱う研究者にとっては馴染み深い数となっている。想像と数学理論は逆説的関係にはないという証明である。

25.

オックスフォード大学

歴史学

スポーツに関連するすべての記録以外には過去の記録がまったくないと想像してください。私たちはどれくらい過去のことを知り得るでしょうか？

この奇妙な状況は、スポーツ以外の記録がもともとなかったからではなく、不思議なことにすべて消えてしまったために生じた状況なのだと仮定しよう。もし、これまでスポーツに関することしか記録していなかったと仮定したら、私たちの祖先は狂信的なスポーツフリークだったことになり、歴史を見る目がすっかり変わってしまう。

もちろん、百五十年以上前にはスポーツは記録を残すような重要なものとは考えられていなかったので、実際の記録となるとかなり乏しい。記録をとる対象は概してもっと深刻な事柄だった。だからこの設問に答えるにはかなり思索を巡らさなければいけない。そして、スポーツに関しての記録は私たちが実際に今持っているよりもっとずっと膨大な量に及ぶと考えた上で答えなくてはならない。ここでは「スポーツに関連するすべての記録」とされているが、直接関連している記録に限定すべきであろう。掠《かす》る程度のものもすべて含むとなると、それこそありとあらゆる類《たぐい》の記録がそれに相当して、ある意味既存のすべての記録より完全な記録になるかもしれない。

歴史研究はごくわずかな手がかりから全体像を構築していくことが多い。たとえば古代史の研究者なら、アンフォラ（古代ギリシャのブドウ酒などの貯蔵用壺）の破片だけを手がかりに貿易パターンや諸外国との関係まで探っていく。だから、何が有益な手がかりで何がそうでないかを見分ける歴史家の技量があれば、最古の世界についてもかなり多くのことが明かされる可能性がある。

たとえば、もしここに古代オリンピック出場選手の人物照会についての完璧な記録があれば、さらにそこに居合わせたセレブや高官たちの記録もあれば、当時の外交関係の変遷について詳しく知ることができるかもしれない。そこで出された食べ物が分かれば、当時の食事についてばかりか、食物の生産地から貿易のパターンも分かるかもしれない。

同様にして、コロセウムだけでなく帝国にある複数の競技場の建築記録があれば、ローマの社会構造がかなり分かるだろう。まずはローマの建築技術が分かる。プロジェクトに関わるさまざまな職務の地位やそこに携わる人々のこと、また彼らの果たしたさまざまな役割からローマの社会構造までも詳しく知ることができるかもしれない。さらに、どの都市が競技場を持てるまでに台頭したか、帝国内のどの地域が経済的に潤っていたのかなども分かるだろう。競技を運営する行政のことや、ローマ人の技術的手腕や、物資の動きとその組織についても分かるかもしれない。

既に私たちが手にしている膨大な古代史の知識に比べたら、そのようなことは取るに足りないことにも思える。しかし、もしスポーツ活動の記録が本当に完璧に揃っているなら、参加者と観戦者双方の人種や民族や性別の情報を繋ぎあわせて何か分かるかもしれない。たとえば、皇帝は剣闘士の決闘や戦車競走など多くの競技のパトロンだったから、皇帝の在位期間は比較的簡単に分かるのではないだろうか。また、競技会場の変遷をたどれば帝国の盛衰を知る大きな手がかりになるだろう。剣闘士を闘わせたり、キリスト教徒をライオンの前に放り込むなど残忍なスポーツが人気を博していたという事実からもまた、古代ローマの社会についていろいろ知ることができる。

中世まで下ったら、ハンティングの記録を見ればヨーロッパの王族や貴族のことがよく分かりそうだ。ハンティングはまさにエリート限定の特権だった。ハンティングの参加者名簿からだけでも、国王（時には王妃）や新王たちのことや、彼らがどのような廷臣を従えていたかがよく分かる。廷臣たちの多くは狩猟に参加する義務があったのだ。時期によって居る場所がどう変わったのかも、戦火が激しくなりハンティングを見合わせるほどになったのはいつなのかも分かるかもしれない。

メソアメリカ地域では、アステカ族の球技を見ればアステカ文明の社会をかなり知ることができそうだ。この球技「ウラマリツトゥリ」はオルメカ文化が栄えた紀元前千年ころから行われていたようだが、これは娯楽に留まらず、政治的宗教的行事でもあった。アステカ文明では新たな居住地ができると、ウィツィロポチトリ神を祀る神殿が最初に建てられた。そして次に、その神殿の脇に球戯場を建設した。アステカ王朝の古代都市の一つテノチティトランでは、球戯場を建てた後その周囲に宮殿や寺院を建てた。アステカ王朝やそれ以前のメソアメリカ文明の人々の生活の中で、球技が社会的にも政治的にも宗教的にもそれほど重要な役割を果たしていたというなら、競技の記録が十分にあればメソアメリカ文明についてはかなり多くのことが分かるはずだ。

以上、代表的な公式スポーツから歴史をどう読み取るかを、ほんの数例だけ挙げた。しかしその記録が完璧であれば、非公式なスポーツについても分かるだろう。庶民の間で行われたスポーツについては記録が残っていないので、現在ほとんど分かっていない。しかし、庶民もスポーツに興じた可能性は大いにある。十九世紀後半になると庶民がスポーツに参加したり見て楽しんだりしたという記録も残されるようになったが、だからといってこの時期まで庶民がスポーツを楽しまなかったとは考えられない。実際、第二次イングランド内戦の最中の一六四七年十二月二十二日には、議会派の兵士たちがカンタベリーでプレイ中だった地元住民同士のストリート・フットボールをやめさせようとしたという記録が残っている。

だからスポーツは庶民も楽しんでいたのだが、今のところは垣間見る程度の記録しかない。村のフットボールの試合や、地域の弓の競技会や、庶民が興じたけれど記録にない未知のスポーツの記録が完全に残っていたら、それこそ情報がざくざく手に入るだろう。たとえば、ロンドン北部イズリントンでの弓の競技会の記録を見れば――といっても、射手たちが誰でイングランドの（それとウェールズの）どの身分の人なのかが記されているだけだが――百年戦争のアジャンクールでの戦いに備えてあの名射手たちがどんなトレーニングを積んだかも分かるだろう。こうした弓の競技会は、残存する数少ない記録の一つだが、記録されていないスポーツはもっとずっとたくさんあるはずだ。

ごく初期のスポーツの記録に日付があれば、世界各地の文字の発祥なども分かるかもしれない。六千年ほど前の古代シュメールの都市エリドゥで開催された決勝戦の模様を、史上初の楔形文字によるマッチレポートで読めたらどれほど素晴らしいだろう。さらに紙や印刷その他の技術の進歩についても学べるかもしれない。

確かに、完璧なスポーツの記録から歴史が紐解かれる可能性を考えたら、歴史家は興奮するだろう。スポーツの記録しかないとなると、現在私たちが史実だと思っている多くのことは闇に葬られるかもしれないし、歴史研究を豊かで魅力的なものにしてくれる個人のエピソードや細かい情報の多くも間違いなく失われてしまうだろう。しかし、少なくとも俯瞰的に見えてくるものが何かはあり、現在分かっていないことや確信が持てずにいることもたくさん分かるかもしれない。だからいつの日か古代中国の『ウィズデン』[*1]や「バイキング略奪リーグ・アーカイヴズ」[*2]など数々のスポーツの記録が出てくることを祈ろう。レディ・ゴー！　オーディンズボーイズ！

＊1　一八六四年にイギリスのクリケット選手ジョン・ウィズデンによって創刊され、現在に至るまで途切れることなく続いているクリケット年鑑。

＊2　オーディンは北欧神話の最高神。

26.

ケンブリッジ大学

物理学

ガラスを通すとどのように見えますか？

聖書に傾倒している人なら、「おぼろげに」見えると答えるかもしれない。新約聖書の「コリント人への第一の手紙」で、神聖なるものは私たちの目には不明瞭にしか見えないという説明の中に、「今はガラスを通しておぼろげに見ている」という有名な一節がある。[*1]しかし科学的な答えも神学的な答えと同じくらい不透明なものである。

単純で分かりきった現象のように思えるが、あるレベルでは確かにそうだ。ガラスは透明だから光線をまっすぐに通す。他の固体は不透明だから光の通行を遮断する。しかし少し考えてみると、混乱してくる。ガラスを透かして見ると、ガラスの向こうの光はまるで間に何もないかのように何の変化もなくこちらに通ってくる。しかしガラスは固体だ。ということは、光は他の固体を通り抜けることはできないのに、なぜガラスは通れるのか？

答え方として、上級者向け量子物理学、いや、正確に言うと、物理学の中でも超難関の量子電磁力学（ＱＥＤ）を持ち出す方法が一つある。これは光と物質の交わり方を説明する物理学で、半世紀前にリチャード・ファインマンが発展させた領域である。

QEDでは、光はアインシュタインが最初に認識したように光子《フォトン》と呼ばれる質量ゼロの想像を絶する極小微粒子の流れだと考えられるとしていることは覚えておかなければいけない。だから光が窓ガラスその他の固体の表面に向かってくるというのは、たくさんの小さな光子が原子の群れに飛び込んでくるということだ。言ってみれば、反乱兵が大挙して森へ逃げ込んでいくようなものだ。

原子はすべて中心付近に原子核を持っている。原子と原子核の大きさの違いを、あの高名な物理学者アーネスト・ラザフォードは、アルバート・ホールの中にいる蚊のようなものだとたとえてみせた。だから光子が突進してきても原子核と出会う確率は非常に低い！

しかし原子核の周りには微細な電気を帯びた電子という素粒子が霧状に渦巻いている。電子と光子をビリヤードのボールとして考えると、電子も途方もなく小さいので光子がこれと出会う確率は原子核と出会う確率よりさらに低い。たとえ

て言うなら、ロンドンにたった二匹しかいない蚊が偶然ぶつかるようなものだ、仮にロンドンのレンガが光にとってのガラスのように蚊にとって通り抜け可能だとしての話だが。しかし光子も実は電子のように電磁エネルギーなので、これが原子の少しでも近くに寄ると双方の電場が反応し合う。

光が物質にぶつかる時に光子はめったに直進せず、たいてい電子に引っぱられて――先ほどの兵士と森のたとえで言うなら、逃げ込んだ兵士たちが木々の間の下草に絡まるように――エネルギーを吸い取られてしまう。不透明な物質では、このエネルギーの多くは熱になるから日向《ひなた》では壁が熱くなる。しかし窓ガラスでは、電子の多くは一瞬しかエネルギーを蓄えていられない、つまり一瞬「励起《れいき》状態」になってすぐに余分なエネルギーを新たな光子（通常同一のエネルギー）として放出してしまう。

だから窓ガラスを通って光が射し込んでくるといっても、光子がそのまままっすぐに通過してくるのではない。ガラスの中の原子に吸収されて放出される過程を何度か繰り返してから反対側に出てくるのである。光子がガラスから出てくる確率はかなり高いというだけで、絶対ではない。

しかし、なぜたいていの固体では光子は電子に吸収されるのに、ガラスでは通り抜けるのか？　これはエネルギー準位と関係がある。電子は原子核の周囲を飛び回っている時には特定のエネルギー準位にあるが、光子を吸収すると高レベルに跳ね上がる。不透明な固体では光子は電子をより高い準位に押し上げるに足る十分なエネルギーを持っているのだろう。しかしガラスは非晶質と言われる特殊な固体であり、このような固体ではエネルギー準位の差がより大きく、跳ね上げるのに必要なエネルギーが可視光線の光子のエネルギーより大きいので、吸収されないものが多いのではないかと思われる。可視光線はたいていガラスで速度が落ちる。拡散されたり、屈折したり、吸収される割合はかなり少ない。しかし紫外線の光子には十分なエネルギーがある。だからUVはガラスに吸収されるのである。

概して光子の放出はあまりにも素早く起きるから、ガラスを通過する時の光の速さは真空を通る時の二分の一にまで落ちるものの、一瞬の出来事である。しかしSF作家は、おそらく空想で、「スローグラス」の話を書いてきた。たとえば、光の速度を非常に遅くする窓があり、それを荷物につめて世界一周して戻ってくると数か月前の風景が見られたりするといった話だ。二〇一三年にはフランスと中国の研究者たちが色素分子を液晶マトリクスに埋め込み、光の群速度を最高時の十億分の一以下に落とした（ボース—アインシュタイン凝縮と呼ばれる状態で、ナトリウム原子を絶対零度にあと百万分の一度以内にまで近づけて凍らせると、光を完全に静止させることができる）。同じ二〇一三年にサウサンプトン大学の科学者たちは、レーザーを使ってガラスの結晶の原子を並べ替えて、「メモリー・クリスタル」という現象を作り出すという面白い実験を行った。三百六十テラバイトのデータをCD一枚ほどの大きさのガラス片の中に、数百年は保存できる安定した状態で蓄えることに成功した。

ガラスの持つもっとも非凡な特徴の一つは、透明性ではなく部分反射である。量子レベルでの説明は難し過ぎて理解できないから、ここでは試さないでおこう。

この章ではガラスの透明性について、私は一般的によく分からないと認められている量子の側面から説明を試みたが、「ガラスを通すとどのように見えますか？」と質問されたら、もちろん他にも解答方法はある。たとえば、「どのように見るのか」ととらえてヒトの視覚に注目すれば、目で見る肉体的な受像だけではなく、脳内でその像が登録される過程を追求することもできるだろう。その方がたぶん量子から攻めるより簡単だったかも……。

＊1　「欽定英訳聖書」では through glass（ガラスを通して）となっているが、より新しい英訳では in a glass あるいは in a mirror（鏡に映して）という表現になっている。

27.

オックスフォード大学
実験心理学

サーモスタットは考えることができますか？

思考は脳でしか行われないというならば、サーモスタットには脳がないから答えは単純に「ノー」となるはずだ。しかし思考とは何だろう？　脳がなくても考えることは可能だろうか？

私たちは毎日昼も夜も考えている。私たちの生活は思考で満たされている。くだらない考えもある。奥深いのも、面白いのも、悲しいのも、賢いのも、あまり賢くないのも……私たちの頭の中ではノンストップで思考が駆け巡っている――考えるのをやめようと思うと余計に。

自分が考えていることを意識していることもある。自分で気づかないうちに脳裏へ消えていく思考もある。考えることについて考え出すと、いろいろな考えが浮かんで頭が急旋回しはじめる。しかしほとんど瞬間的に過ぎ去っていくので把握できるのはいくつかだけだ。だから思考は意識と結びついているが、意識と同じものではない、となると、サーモスタットは意識してはいないが思考はできるという結論になるかもしれない（この問題には後で触れることにする）。

昔、思想家は思考について考える時、思考は物質の世界とはまったく関係ないと考えていた。思考は精神が行うことで、物理的なものではない。思考は「魂」のような非物質的な性質のもので、肉体はただその媒体として使われるだけである。これは有名な話だが、デカルトは考えることで自分の存在は揺るぎなく証明されると考え、「我思う、ゆえに我あり」と言い、身体的な過程についてはひとことも語っていない。デカルトにとって精神とは、舞台上で肉体によって演じられる現実を見ている観客のようなものだった。精神には身体的な位置付けはされていなかった。思考は人間に特有な機能だと考えられていたが、確かに思考は人間を人間らしくしている主要な資質だ。

しかし今日、実験心理学の研究者ならたいていが、思考は物理的な活動であり、それは脳内で行われていると主張するだろう。精神と脳は同じものである。もちろん、論理的に言えば、科学が発達したからそうだと分かったのだが、そうに違いないと思わせる手がかりもたくさんある。第一に、私たちの思考は脳の状態と密接に繋がっている。ためしにウィスキーを一、二杯余計に飲んでみれば、思考がこんがらがってくるのが分かる。他にも、私たちが物質的な有機物から進化してきたという事実もヒントになる。人間が非物質的な精神を突然生み出したということはまずありそうにない。

さらに今はＭＲＩを使って、活動中の脳を観察し、脳が思考するところを実際に見ることさえできる。驚いたことに、二〇一四年の春にはイェール大学の研究チームがこのＭＲ

Iを使って六人の被験者の脳の活動パターンを詳細に拾い上げ、被験者が見ていた顔を再構築して、誰の顔かを特定してみせた。

思考が脳の物理的活動である以上、人間の脳が行う思考は別格だが、もっとも小さい脳を持つもっとも小さい生物でも何らかの思考は行えそうだ。科学者がみなこの還元主義的な見解に同意することはないだろうが、ここで話題にしているのは純粋に物理的なメカニズムのサーモスタットなのだから、今はそこにこだわっても構わないだろう。

もちろん脳は神経細胞の束に他ならず、それ自身は信号を送る体系に過ぎない。つまり脳自体が考えているのではない。人は熱いものに触ると瞬時に手を引っ込めるが、生理学者はこの動作は反射弓によって起こると説明する。手から発された「熱い」という神経信号は脊髄まで達したところで電流がショートするように素早く手の筋肉に戻り、急に手を引っ込めることになる。痛みが脳に登録されるのはその後の話だ。痛みについて思考し、それから脳が手に動けと命じていたのでは既に大やけどを負っているかもしれないから、これはありがたい機能だが、この自動反射と同じような、思考を伴わない動きもあるというところが問題となる。

単純なサーモスタットには自動反射と非常に似ている点がいくつかある。刺激に対して自動的に（考えずに）反応する。セントラルヒーティングが熱くなり過ぎると、センサーが働いてサーモスタットが自動的にスイッチを切る。これは神経細胞の働きとさほど変わらない。では、もし脳が神経細胞の集まりだとしても、脳には精巧なサーモスタットと一線を画す根本的な違いがあるだろうか？　あるいは脳はサーモスタットのように刺激に反応して特定の動きを指示するだけのメカニズムなのか？　コンピューターに精緻なデータ処理網を余すところなく与えると、刺激と反応のメカニズムは驚くほど高度で複雑になる。

ここで反射と思考の違いに目を向ける必要がありそうだ。「反射」という言葉は、「目の前のものを見たり聞いたり嗅いだりといった知覚を脳内で受け取る作用」と言い換えてもいい。知覚は細かく分けると実に種々さまざまだ。「走る」などの行動様式の認識から、「危険なライオン」などの概念までその範疇に入るかもしれないが、究極的には記録することだ。直観的に、知覚と思考が違うことは分かるが、ではどう違うのかを明確に説明するとなると簡単にはいかない。

一つ、思考を連想ととらえて説明する方法がある。たいていの動物はリンゴが落ちるのを知覚できる。そして多くの機械は適切なセンサーを備えていればそうした出来事を記録したりそれに反応したりできる。しかし、落ちたリンゴの種が新しい木のはじまりとなることを理解するには思考しなくてはならない。さらに、リンゴの落下と惑星の動きを結びつけて万有引力の法則にまで至るには、ニュートンのように思考しなければならない。この未知の関連性を見出す能力こそが思考過程の中心であって、それはサーモスタットには逆立ちしても真似できないだろう。これは単純な動物にも真似のできない能力であり、もしかしたら、この連想こそが私たちのように思考する複雑な動物と、本能だけで生きている単純な生物を分ける特徴かもしれない。

現在では住人の行動に合わせて最小限のエネルギーで部屋を暖める「スマート（お利口さん）」と名付けられたセントラルヒーティングのサーモスタットもある。たとえばあなたが出かけるとスイッチを切ったりドアを閉めたり、帰宅時には心地よく暖まった部屋に入れるように通常の帰宅時間の三十分前にまたスイッチが入る仕組みだ。単純なものとはいえ、ここには連想が働いているように思えるから、利口なサーモスタットは考えていると言えるのかもしれない。いや、直観的にそれはないだろうと思う。考えているのではなくて、ほんの少し高度な反応をしているだけだ。ということは、思考を連想であると定義してはいけないことになる。利口《スマート》なサーモスタットの反応に限界があるのは、製造時に連想がプロセッサーにプログラミングされているということだ。

思考とは新たに連想することと言えるかもしれない。それは利口《スマート》なサーモスタットでも無理だろう。しかし将来、住環境を完璧にコントロールする高度なコンピューターに制御されて、どんな新たな条件にも対応できるようになったら、それも可能になるのだろうか？

考えれば考えるほど白黒つかない灰色地帯《グレーゾーン》に、というより灰白質[*1]の領域に足を踏み込んでしまうようだ。それでも私は、サーモスタットは考えていないと思う。理由は二つある。まず、インプットとアウトプットの選択の幅にやはり限界があるということ。二つ目は、先ほど触れたが、意識の問題である。

第一の理由に関しては、人間の脳のインプットとアウトプットにも限界はあるから、程度の問題であるとも言える。しかしその程度が重要なのだ。芋虫と人間の違いも単に程度の問題だ。どちらも似たような基本構造を多く持つ同じ有機物質で成り立っている生物組織なのだから。しかし、程度が違い過ぎる。

第二の理由に関しては、確かに我々人間は意識していなくても頭の中で思考が渦巻いているが、その場合の思考は単なる白色雑音《ホワイトノイズ》だ。さまざまな思考を登録し、その中から選び出して意味を与えるには意識が必要だ。結局、思考には意識が不可欠なようだ。意識の観念は複雑で、意識を定義することは科学の分野ではもっとも難しい目標の一つだ。とはいえ、どう定義しようとサーモスタットに意識があるとは考えにくい。ということで、これだけを根拠にしてでも私はサーモスタットは考えることができないと答えよう。もちろん、サーモスタットが人間の受験生を押しのけてオックスブリッジに入学を許可されたら、その時は私ももう一度考え直さなければいけないかもしれないが……。

＊1　灰白質 gray matter は、脊髄や大脳・小脳の神経細胞が密集しているところで、肉眼で灰白色に見える。

28.

ケンブリッジ大学

地理学

浸食によって山脈がより高くなるとしたらなぜでしょうか？

どの大陸にも山々が高くそびえ立っていて、地球の持つ地質学的パワーを大々的に具現化している。「山のように老齢の」という比喩表現があるが、世界最大級の山脈は、地質学上の年代的には実はかなり若い。ロッキーの険しい尾根も、雪を頂いたアルプスの峰々も、ヒマラヤの荘厳な高みも、すべてこの五千万年のうちに出来たものだ。ということは、恐竜たちはそれらの山々の麓に足をかけることさえなく死滅したということである。

現存する最古の山々、たとえば、スコットランド高地やアメリカのアパラチア山脈やアジアのウラル山脈なども、太古の昔には翼竜が上空を舞い飛ぶ大山脈だったかもしれないが、長い時間をかけて侵食によって大分縮んでいる。一見強固で揺るぎなく見える山の峰々も、永遠に同じ形状を留めているわけではない。絶えず隆起を繰り返す地殻の変動や、長年の風雨の影響で、山脈も常に隆起と沈降を繰り返しているのだ。

十九世紀になると地質学者たちは、数千万年にわたる「造山」期に山岳地帯が隆起し、その後動きが停止したと考えるようになった。この山岳形成期が終わると岩肌が今度は風、雨、霜、水の流れ、氷の移動などの要因に晒されて造山期よりほんの少し時間をかけて擦り減っていき、海抜の高さにまで戻る。一八九九年に地質学の先駆者ウィリアム・モリス・デイヴィスは浸食輪廻という説を打ち出した。現在の山脈は昔隆起して擦り減ったものが再び次のサイクルの開始によって隆起したものだ、というのである。これは見事なまでに単純な話だったので広く受け入れられた。

しかし、一九六〇年代以降になると、かなり違う見解が出てきた。まず、プレートテクトニクス（プレート理論）が唱えられ、山脈が実際にはどのように盛り上がったのかが説明された。この理論によると、地表はまるで安定したものではないという。安定どころか四十個から五十個の巨大な大陸規模の岩盤（構造プレート）で出来ていて、それが絶えず移動し、形成と再形成を繰り返しているというのだ。

実は世界最長の山脈は海洋の中にあり、海底でプレート同士が離れていくと新たな物質が地球内部から湧き出すことで隆起してくる。一方、陸にある高い山脈はどれも、複数のプレートが同時に動いて揉みくちゃにされた岩が押し上げられ、ちょうど壁に押し付けたカーペットの縁が盛り上がるように形成されたのだ。

もっとも動きの激しいプレートは海底にあるので、揉みくちゃによって形成された「褶《しゅう》曲《きょく》山脈」の多くは、海底プレートと大陸プレートがぶつかるところ、つまり大陸の端に沿って出来ている。海底プレートは、半溶解状態の地球内部に浮かぶ筏のような大陸プレートに比べたら密度が高いので、大陸にぶつかるとそのまま地底部分に突き刺さり、地球の内部に入り込んでいく。

プレートとプレートが押し合う時に、「テレーン」と呼ばれる残骸が楔形《くさびがた》に盛り上がっていく。プレートが押し合い続ければ、テレーンはどんどん堆積してロッキー山脈のような山岳地帯になっていく。結局海底プレートは地球内部に入り込んで姿を消すかもしれないが、二つのプレートが押し合っていることには変わりないので、陸上には最大級の山脈が形成されていく。アパラチア山脈もカレドニア山脈もそのようにして形成されたが、インド亜大陸が執拗に北上しているためにヒマラヤ山脈は今現在も成長し続けている。

しかし近年の地質学者たちによって、これでは地形形成の半分しか説明できていないことが分かってきた。第一に、地質学的な歴史上、岩盤は固くて砕けるような性質のものではなく、ゆっくりと流れるものである。だからヒマラヤは揉みくちゃにされて盛り上がったカーペットとか、ぐしゃぐしゃに積み上げられた岩の山というよりは、「インド亜大陸号」の北上に合わせて出来る巨大な船首波のようなものなのだ。

確かに大陸同士がぶつかってその間の岩が盛り上がるという考え方はあまりにも単純過ぎる。イギリスの科学者ジョージ・エアリーは十九世紀にヒマラヤを調査した際に、鉛直線と地球楕円体の法線（垂直線）とにずれがあることを発見し、これを説明するために山々の大部分は地表からはるか下方深くまで広がっているという説を打ち出した。これは大きな山脈ではどこもそうであることが現在知られている。事実、山は地球の内部に浮かぶ氷山のようなものなのだ。

山は気象をはじめとしたさまざまな要因で浸食され擦り減っていくが、そうなると積荷を捨てた筏のように浮き上がることになる。この過程を地質学では「均衡《きんこう》」と呼ぶ。だからかつて山岳専門の地質学者たちは、アパラチア山脈は永遠に縮んでいく運命にあると考えていたのだが、実は百年ごとに数センチずつ高くなっている。造山作用のある大陸の衝突による隆起とは比べ物にならないが、浸食によって岩の重みが軽減されてアパラチア山脈は平原の上にのびのびと伸びていっているのである。

もちろん、浸食は造山活動がはじまる瞬間にはじまるわけではなく、もともと起こっているのだ。ということは、すべては地殻変動の影響に気象と浸食作用が加わって複雑に進行していくというわけだ。たとえば、ヒマラヤ山脈がそびえ立っているためにアジアでは空気の流れが遮断されてあちらこちらに季節風《モンスーン》が起こるが、それがインドに乾季と猛烈な雨季をもたらす。季節風による豪雨は浸食を早めてヒマラヤ山脈を削っていくので、アパラチア山脈と同じように地質学上の均衡を保ってこちらも上方へ伸びていっている。

ヒマラヤ山脈は、前述の岩の褶曲による隆起も加わり一年に一センチ以上伸びており、世界でもっとも成長の速い山脈となっている。一センチくらい大したことはないと思えるかもしれないが、十万年では一キロメートル高くなることになるのだ。しかし、継続的な浸食により「積み荷」が軽減されてはいるものの、ユーラシアプレートはインド亜大陸の北上によって隆起するだけでなくむしろ拡張方向と沈澱傾向にあるため、ヒマラヤ山脈の上昇は緩やかになっているようだ。

明らかに、山岳形成は隆起と沈降を繰り返すという単純な話ではまったく説明がつかない。その過程は実に複雑でダイナミックで、数えきれないほどの要因が絡み合っており、浸食作用は岩の負荷を軽減するから山を上昇させる——と言っただけでは何の説明にもならない。といっても、どのように説明したところで、山はこの先もいつまでも私たちと共にあるだろう。

29.

オックスフォード大学

経済学、経営学

ウォルマートの店舗をオックスフォードの町の中心に開くべきでしょうか？

ウォルマートは巨大ではない。超巨大なのだ。二〇一四年の「フォーチュン500」[*1]では、五千億ドル近くの収入を計上してシェルやエクソンを押さえ、世界最大の事業に輝いた。従業員は世界中で二百万人を超えるが、商品を供給する下請会社ではさらに多くの従業員が働いている。ゼネラルモーターズや日産などの大企業でさえ、これに比べるとかなり小さく見える。

驚くのは、ウォルマートが創立から五十年そこそこだということだ。ウォルマートの急成長を支えたのはたった一つの方針――顧客に可能な限りの低価格で品物を提供すること――である。この方針が他に例を見ないほどに当たった。最大のライバル数社を除けば、ウォルマートはもっとも安い商品を売ることができている。ライバル店より価格を下げ、さらにライバル店を廃業に追い込むことで市場を広げてきた。市場で優位な立場を得たウォルマートは、その下請業者に対しても大きな力を発揮しはじめ、より安い仕入れ値を要求するようになった。その結果、「規模の経済」効果も相まって、ウォルマートは顧客に対して非常に安い価格で商品を提供し続けている。

近年ウォルマートは批判を浴びるようになり、チャールズ・フィッシュマンの書いた『ウォルマート効果』[*2]で衆目を集めた。本の中でフィッシュマンはウォルマートに特定した話もしているが、その大部分はウォルマートやテスコに代表される一部の巨大スーパーマーケット・チェーンによる市場独占がもたらす影響についての説明である。

フィッシュマンら批評家は、車でしかふつう行かれない郊外にウォルマートのような巨大店舗が開店して、地域の経済や社会は潰滅的な影響を受けていると言う。町の中心部から買い物客が姿を消してゴーストタウンとなり、地域の賃金が押し下げられ、低価格競争に敗れた個人商店が廃業に追い込まれたのである。巨大スーパーマーケットが市場を独占するということは、地域社会に必要なものを無視して、地域住民が望む場所に事業を立ち上げて地域の活況と発展を図ろうという計画を踏みにじるおそれも多々あるということだ。

フィッシュマン以外にも、『テスコポリー《テスコ独占市場》』を書いたアンドルー・シムズら研究者たちは、巨大スーパーマーケットの拡大による世界的規模の影響を指摘している。巨大スーパーマーケット・チェーンは、常に均一な質の商品を大量に仕入れて店舗を満たしておく必要があるので、食品その他の製品をかなり遠方から調達することになり、「フードマイレージ」[*3]や包装ゴミなどの環境問題も起きている。均一な質を求めるということは、農家は企画に合わなければ収穫した作物を大量に廃棄せざるを得なくなる場合もたびたびあるということだ。しかも安い仕入れ値を迫られるために工場飼育を余儀なくされ、動物の住環境も悪化する。さらに悪いのは、国内でも第三世界の国々でも、農業労働者の賃金がどん底まで押し下げられる可能性があるということだ。

こうした問題はスーパーマーケットに限ったことではなく、少数の大規模チェーンが小売り力を集約し、「規模経済」効果で個人商店より安く売ることができる業界では同じである。「クローン・タウン」という言葉まで使われるようになった。つまり、少数の地球規模のチェーンによる店舗が世界中の都市に続々と出現したので、上海からイギリスのシェフィールドに至るまでどの都市のショッピング・センターにもまったく同じ店が並ぶようになったのだ。ネット市場が成長して個人商店の存続をますます脅かすようになった昨今、この状況は加速しているようだ。

都市計画の担当者たちは中心市街地が死滅するのではないかと心配しはじめ、巨大店舗の出店に対してより慎重な姿勢を見せるようになった。そこでスーパーマーケットのチェーンは今度は「コンビニエンスストア」という形で町の中心に戻ってきはじめた。オックスフォードの郊外には既にアズダ・ウォルマート[*4]が巨大店舗を二軒も構えているから、この設問にある「町の中心」の店とは、コンビニ店舗のことだろう。それより大きい店はもはや出店するスペースもない。

オックスフォードはいくつかの点で、普通とは違う町である。大学の町だから、中心地には車を持たず郊外のスーパーマーケットへ行けない住人の人口が多い。その多くは貧しい学生なので、新たに街中にアズダ・ウォルマート店が出来て低価格でさまざまな品物が手に入り、しかも営業時間が長いとなれば歓迎するかもしれない。

しかし、この利便性《コンビニエンス》に代償を支払うことになりはしないだろうか？　地球規模の購買力を持つアズダ・ウォルマートのようなチェーンは、事業を立ち上げようと思ったら地元のライバルを容赦なく価格競争で打ち破る。たとえば、テスコは出店時には来店した地元住民に対して四十パーセントの割引を行っている。住人にとって低価格は短期的にはありがたいことだが、その結果地元の業者が廃業に追い込まれるとなれば、中心市街に構えているさまざまな店舗は、世界的不況とネット販売の拡大の影響も受けている今、劇的に減少するだろう。調査によると、市の中心部でなくても、中心に近いところにスーパーマーケットが新たに出店しても、人の流れが奪われて、スーパーマーケットとは直接ライバル関係にない店舗への客も減少するという結果が出ている。

オックスフォードの中心市街の空き店舗は既に増えているので、ウォルマートのような店が多すぎると長期的には中心市街の活気が奪われて、チェーン店かネットで買い物をするだけの覇気のない研究者や学生ばかりがうろつく退屈な大学のキャンパスのようになってしまうかもしれない。しかし、こうした動きは結局、長年の不況に苦しむ個人商店をレストランやバーや劇場に変えて、中心市街を小売りの場から娯楽の場へと再編する過程の一環に過ぎないから、これは単なる自由市場による「創造的破壊」なのだという力強い主張もある。

ウォルマートがオックスフォードの中心に店舗を開く計画を打ち出したら、英国中の多くの市町村と同様に、地元が大反対をする可能性は大きい。今では大規模チェーンに代表される地球規模の資本主義パワーに憤慨して、自分の近所にだけはそういうものに来られたくないと思っている人が大勢いる。みんな、自分の町が多彩な商店街からクローン・タウンになるのは嫌なのだ。商品をはるか彼方から調達して賃金を押し下げるようなチェーン産業に地元の経済を蝕まれたくはないのだ。チェーン産業が発展途上国の農業方式や賃金や境遇に与える影響にも論理的に反対なのだ。こうした大規模事業による地球環境への影響も憂いているのだ。反対理由はまだたくさんある。そして私も彼らの意見にまったく賛成だ。

まだある理由の中にはもっと実際的なものもある。コンビニエンスストアの仕入れは「ジャストインタイム」方式だから、通りには何時であろうとお構いなしに配送トラックが入ってきて夜通し騒音が続き、中心地の住人は安眠を妨げられる。

最近の話では、トットネスの住民が町に「コスタ・コーヒー」出店反対のキャンペーンを展開した。オックスフォードの住民たちも同じようにウォルマート出店反対のキャンペーンを張るだろう。

こうしたキャンペーンを批判する人たちによれば、彼らは市場の力に真っ向から挑みかかろうとしている井の中の蛙《かわず》か、もっと困窮している人から安い商品を入手する機会を奪ってでも自分の近隣だけは守ると叫んでいる喧《かまびす》しい少数派に過ぎないのだそうだ。アズダ・ウォルマートのようなチェーン側としては、自分たちの勝因は、大勢の人が低価格と品揃えを評価して自分たちの店舗で買い物をしてくれることにあると主張している。さらに、店舗を開設することで地元の雇用を生み、買い物客をその地域に呼び寄せ、地域経済の活性化にも貢献しているという言い方もしている。

伝統を最重視する町づくりの担当者でさえ、慣習の変更や発展を禁止すれば中心市街をゼリー寄せのように保存できるなどとは思っていない。もし繁栄し続ける市街地を目指すなら、人々が集まって時間と金を消費して町に収入がもたらされるような、活気があって楽しくてみんなが求めるものを提供できるような場所にしなければいけない。ということは、いいものは守り、変化の余地も残すというバランスを見極める必要があるということだ。しかし、私の目には、今は再開発にばかり加担してウォルマートのような一握りの（独占的市場を利用してほぼ制限のない運営ができる）世界的企業の意のままになっていて、バランスを崩しているように見える。そろそろ市場選択より地域重視の方向にバランスを戻す時期ではないだろうか。

＊1　アメリカの『フォーチュン』誌が毎年発行するリストの一つで、全米で総収入の上位五百社が掲載される。

＊2　邦訳は『ウォルマートに呑みこまれる世界』という題名で二〇〇七年にダイヤモンド社より刊行されている。

＊3　原文では food miles（フードマイルズ）。「食品の重量×輸送距離」で表現される数字で、食料の輸送に伴って排出される二酸化炭素の削減を目指す運動の中でイギリスで最初に生

まれた指標。

＊4　アズダ（ASDA）は一九四九年に創業された食品中心のイギリスの大手スーパーマーケットだが、一九九九年にアメリカのウォルマートの傘下に入った。

30.

ケンブリッジ大学

獣医学

月はグリーンチーズで出来ていますか？[*1]

宇宙は星の数ほどの巨大酪農製品を納めた器で、そこにチーズの月が浮かび、未確認固形クリーム星雲と攪拌《かくはん》バター銀河の混ざり合ったミルキー・ウェイが流れているのかもしれない。しかしあり得ないだろう。これだけの乳製品をまかなえる乳牛の天文学的な寸法も心配になる。

月がグリーンチーズだという話は、平らな地球の端まで船を漕いで行くと落っこちる、という話と同じようにあまりにも馬鹿馬鹿しくてついその図を想像してしまうから昔から語り継がれている。誰も本気で信じてはいないが、実物との気になる類似点もある。月の表面には穴ぼこがいくつもあるから、空にぽっかり浮かんだ丸いチーズのように見えなくもない。しかし色はグリーンではないから、グリーンチーズではなく、「クリームチーズ」だと言う人もいたかもしれない。

グリーンにせよクリームにせよ、カマンベールにせよゴルゴンゾーラにせよ、宇宙飛行士が月へ行ってかけらを持ち帰った今となっては、月がチーズでないのは間違いない。持ち帰ったものは確かに石だった。しかしアポロ計画のずっと前から月がチーズでないことは分かっていた。

もちろん、遠くから眺めているしかない時代には確信は持てなかったであろうが、どんな知識もたいていは確実に分かることからの類推に基づいている。中世以前は月が何で出来ているのかなど誰にも本当のところは分かっていなかった。空に浮かんでいるから、非常に軽い物質でできているのだろうと考えた人もいたかもしれない。しかし球体に見えるから、地球のように石の球体であると推測するのが自然だっただろう。

望遠鏡が発明されて、天文学者は月の表面に山や崖のようなものがあることを知った。そして地球のような壮大なスケールの地形を持つ石の球体であるという確信を徐々に強めていった。十九世紀までには、崖の影を三角法で計算して、月の崖が地球の崖と同じ規模であることも確認できた。さらに詳しく観察していくと、地球の火山に似た特徴や、隕石の落下によるクレーターのような特徴もとらえることができるようになった。もちろん、まだ誰にも確信は持てなかったが、科学や知識というものは既知の事実との類似を求め、仮説を立てて検証できる時に検証することによって前進するのである。月に関しては地球とあまりにも似ているので、ずっと前から今に至るまで石で出来た球体であることを誰も疑うことはなかった。

もちろん、アポロの宇宙飛行士が嘘をついているのかもしれない。本当は乳製品をざっくり切り取って持ち帰っていて、今も内緒で市場に流しているのかもしれない。あるいは陰謀説の支持者が言うように、アポロ飛行士は月に行っていないのかもしれない。が、率直なところ私はそれはないと思う。

　哲学者は、私たちが物事をどのように知るかという問題に常に取り組んでいる。合理主義的哲学者は、信頼に足る知識への案内人は理性と演繹《えんえき》だけであると主張し、感覚は人を誤って導いていくと考えている。誰もが知っている通り、デカルトは、論理的には我々は自分が考えているという事実以外には確信に至れるものは何もないのだ――「我思う、ゆえに我あり」――と主張した。ということは知の探求の出発点は思うことでなければいけない。一方、経験論者は、知識は感覚によって生じ、経験を通してのみ獲得できる、だから感覚で立証できない観念は信用してはいけないと主張している。

　現実の生活では、私たちは毎日その両方を混ぜ合わせて判断

をしている。月がグリーンチーズではないという決定の下し方についても、私は両者を混ぜ合わせて説明してきた。これはプラトンが大昔に「本当の信念の立証」と説明したプロセスとそう違わない。プラトンは、物事を知るということには三つの要素が含まれると言っている。第一に、それは実際に真実であること。第二に、それを真実だと自分が信じること。そして第三に、それを真実だと自分が信じるのは正当であると立証されること。だから月はグリーンチーズではないということが本当に真実であり、私が月はグリーンチーズではないと信じると主張し、そう信じることが正当化されるならば、月がグリーンチーズでないことを私は知っていると言ってもよいことになる。

正当化されることが肝心なのだ。正当化するには、たいてい三つの根拠が必要となる。経験的証拠（感覚の証拠）、権威の証言、そして論理的演繹。月の話の場合では、チーズの特質がないことを示す証拠が占めるウエイトが圧倒的に大きく、チーズであることを証明する方法は思いつく限りにおいて失敗するだろうという確信がほぼあることから、正当化されることになる。しかしそうした証拠は私が自分で得たものでも私が自分で演繹したものでもないから、私は権威の証言に完全に頼っているということになる。

オーストリア出身のイギリスの偉大な科学哲学者カール・ポパー（一九〇二―一九九四）は、正当化するだけでは不十分だと主張した。ある人の主張を知識として受け入れるには、その反証を示すことができる場合に限るというのだ。だから、プラトンの本に従えば、月はグリーンチーズではないという権威の証言を重視して月はグリーンチーズではないと分かっていると言えるが、ポパーの主張に従えば、月はグリーンチーズであるという証拠を一つも知らないとしか言えない。

天文学者は自分の研究対象を視察しに行くことは滅多にできない。だから観察と類推から、それと地球上の物質との類似点を求めることによって、できる限りの答えを得るより仕方ない。しかし、その方法で実にたくさんのことが分かるからすごい。一八三〇年代にフランスの哲学者オーギュスト・コントは、星はあまりにも遠くにあるから、星が何で出来ているのか我々には永遠に分かり得ないと言ったが、そのわずか数十年後に彼の意見は間違っていたことが証明された。イギリスの天文学者ウィリアム・ハギンズは、いくつかの星が放射する光の配色を分析した結果、ほとんど水素とヘリウムで出来ているに違いないと発表した。宇宙の彼方から地球に到達する光のスペクトルを分析することで、天文学者は宇宙で輝いているほとんどすべての物体の形成物質を割り出すことができる。また、太陽系の惑星に関しては、その動きを見れば質量と濃度が分かるのでそこから形成物質を特定できるようにもなった。もちろん、彼らは間違っているかもしれないが、いちいち辻褄が合っているということは、彼らの推測が真実でない可能性は小さいと思われる。

宇宙計画により月、金星、火星、その他の惑星を訪れることが可能となり、それらの形成物質に関しては従来の説明で本質的に正しいことが確認されたから、私たちは自分の推測にもっと自信を持っていいということになる。しかし、アポロ宇宙船が持ち帰った月の石が悪臭を放ちはじめたり、クリームクラッカーやピクルスと合いそうな香りを漂わせだしたら、従来の説を訂正しなければならないだろうけれど。

＊1　グリーンチーズとは熟成前の緑がかったチーズで、通常円形である。「月はグリーンチーズで出来ている」というのは、イギリス他ヨーロッパに古くから伝わる愚か者の民話の中に出てくる与太話。

31.

オックスフォード大学

神学

何が強い女性を作りますか？

強い女性とは何か、人それぞれ見解は違うだろう。ビジネス誌『フォーブス』は毎年「世界でもっともパワフルな女性100人」をリストアップしており、ドイツのアンジェラ・メルケル首相、アメリカの下着メーカー〈スパンクス〉の創業者サラ・ブレイクリー、モデルのジゼル・ブンチェンといった政府要人や会社役員や大金持ちの活動家やセレブなど「重要な」人たちの名前が挙げられている。ポップミュージックのファンにとっては、レディー・ガガやロードのように自身のイメージを自身でコントロールしているスターが強い女性に見えるかもしれない。地域で活動している人にとっては家族をまとめている母こそ強く見えるだろうし、宗教心に篤《あつ》い人なら困難に耐えて信仰と純潔を守る女性を強いと言うだろう。また、映画プロデューサーなら、男と対等に渡り合ったり、拳銃を見事に使いこなしたり、男にものにされる前に男をものにするような威勢がよくて頭の回転が速い女性がそうだろう。

このような女性たちにはそれぞれの強さがある。しかし、「強い」女性について質問するとなると、いつも一つ問題が出てきてしまう。強い男と言われたら、サーカスの芸人とか残虐非道な指導者の話になるかもしれない。強い男はたいてい変わり者とか、馬鹿者とか、悪者とかだ。なのになぜ強い女性となると、いいことのように話すのだろう？　裏を返せば、女性が敬意をもって扱われない場合、それは本人のせいだと言っているようにも聞こえる。もっと強ければ、行く手を阻《はば》むあらゆる障害に打ち勝てたはずだ、と言ってるみたいじゃないか！

現在、世界中で少女を含めて数えきれないほど大勢の女性たちが人として生きるのに最低限必要なものも手に入れられずにいる。女性の価値が認められていない文化圏に生まれたというだけの理由で、困難な生活環境にさらされ、児童労働、性的暴行、人身売買などの虐待を受けたり、児童結婚を強要されたり、教育や収入の機会を奪われるなどの人権侵害にあっている。比較的開けた文化圏でも何百万という若い女性たちが社会での地位の確立や、職場での適切な対応と評価、平等な立場といった人間としての当然の権利の獲得などにおいて常に障害に直面している。

この設問のように「強い女性」について問いかけるということは、強い女性はいつも称賛と注目の的になってきたと言っているのも同じで、強い女性は女性のために立ち上がる闘士であり輝ける手本だと言っているように聞こえる。大草原を耕すストイックな妻たち、武道に長けたタフなお姫様たち、辛辣な言葉で男たちを切り捨てていく魔性の女たち……みんな称賛の的だ。しかし彼女たちは少数派で例外中の例外であり、そのせいで既成のルール――女性が見下されるのは自分が弱いからだというルール――が証明されているように思える。『フォーブス』は重要な女性の名前を挙げた。では、他の数十億の女性たちは重要ではないのか？

このような強い女性像がいかに見当違いであるかを、私は先日ロンドンの劇場である物語を見てこれ以上ないほど思い知らされた。バングラデシュのビランゴナの話だ。ビランゴナとは、バングラデシュの独立戦争の時に組織的にレイプされ、痛めつけられ虐げられていた何万何十万という成人女性と少女たちのことである。彼女たちが被った犯罪そのものも当然恐ろしいものだが、悲劇はそれに留まらない。その後も今日に至るまで彼女たちは周辺へ追いやられているのである。「ビランゴナ」とは「勇敢な女性たち」という意味だ。確かにその通りで、多くの女性たちは本当に勇敢な態度を取り続けており、舞台上で流された映像を見た時には彼女たちの勇敢な姿に感動して涙が出た。しかしもはや勇気は関係ないのではないだろうか。戦時中に彼女たちが肉体的虐待を受けたのは「堕落している」から当然なのだと、バングラデシュでは独立後も四十年間ずっと当局側を正当化し続けている。いくら勇敢でも、いくら「強く」ても、彼女たちは虐げられた状況から救われない。これまでずっと勇敢に闘ってきたのに、なぜまだ勇敢でいる必要があるのか？　勇敢でない女性は、強くない女性は、映像で流されたあのビランゴナの女性のように惨めな人生を終わらせるために死を望んだ女性は、どうなのだ？

見方によっては、強い女性という考え方そのものが女性を弱くしているとも言える。低俗な男が「俺は強い女が好きなんだ」などと言うと、かえって蔑んでいるように聞こえる。また、女性が自分は強いと主張する時には本当は強くないと言いたい場合が多い。本当の自分を否定するから変われない人、というジャン＝ポール・サルトル的なイメージを抱いているような。あるいは、俺はイケてるぜと世間に公言した直後にそうでないことを自分で証明してしまう男のような。

ポピュラーソングでは、自分につれなくした男の顔に砂を蹴りかけるような真似をする強い女性の歌が好まれるようだ。しかし、これを聴いて自分を同一視しようとする女性たちは、一瞬気持ちが上向いても、すぐに自分にはできないと分かって余計に落ち込む。たとえ善意からであっても、強い女性を称賛してばかりいると、所詮女性はか弱い花のようなものだと再認識させるのがおちだ。強さを称賛する必要があるうちは、女性は本当には強くなれない。

もちろん、これは神学科の入試問題であり、確かにこの数十年は、イスラム教徒の女性のヴェール着用からイギリス国教会の女性主教就任問題に至るまで、宗教界における女性に対する姿勢が注視されている。

保守的なキリスト教徒の中には、教会の権威や権力を女性に与えることに強く反対する人もいる。彼らの多くが引用するのは、新約聖書の「テモテへの第一の手紙」第二章第十一―十二節に書かれているパウロの指示だ。「私は女が教えたり、男に権威を行使することを許さない。女は静かにしているべきである」[1]。この一節がある限り女性が教会内で権威ある地位に就くことは禁じられると言う。保守派としては、教会が女性を強くすることがあってはならないのである。

しかし、パウロの指示は二千年近くも前に書かれたものであり、聖書には時代の変遷に合わせて解釈をし直す必要のある箇所が多い。パウロ自身も初期教会においては多くの女性を権威ある役割に任命しているし、歴史を振り返れば女性たちは教会のための闘いを勇猛果敢に繰り返しており、困難な時代には強い女性が信仰の礎となることもたびたびあった。

強い女性を否定する宗教の教えは断じて過去に葬り去らなければならないが、それはキリスト教に限ったことではない。もっと平等主義的な仏教でさえ、「尼僧は百年間位階に預かっていようと男性の僧侶に敬意を表して頭を下げるべし、たとえ今日位についたばかりの僧侶に対してでも」と教えていた。

しかし女性の力を排斥する宗教上の規約は、多くの宗教では成立時期からあったわけではなく、信仰上の戒律とはほとんど関係のない理由のためにこの数百年の間に上書きされてきたものだ。権力を握った女性をもっとも激しく攻撃した一人にスコットランドの宗教改革者ジョン・ノックスがいる。ピューリタンの創始者の一人だった彼は、一五五八年に出した『女性による極悪非道なる統治に対する第一の非難』という恐ろしい題名の小冊子の中で、女性の統治する国家には災いが降りかかるだろうと説いた。しかし、彼がこれを書いた時期のイギリスは、カトリックを信奉する二人のメアリー女王（イングランドのメアリー・チューダーとスコットランドのメアリー・オブ・ギーズ）に牛耳《ぎゅうじ》られていたから、彼は相当脅威を感じていたに違いない。

幸いなことに、社会でも宗教界でも女性に対する姿勢は改善されてきている。二〇一四年にはついにイギリス国教会が女性の主教を認めた。「アラブの春」の後、エジプトではあまり女性の地位は向上しなかったが、チュニジアではその後の国政選挙で女性議員の数が大幅にふえた。

では、何が女性を強くするのか？　強さとは、広い意味で肉体的及び精神的な健康を言うのであって、見せかけの頑丈さではないだろう。そして、強さの根源は自信である――なりたい自分になっているという自信と自意識だ。なりたい自分とは、がむしゃらで大胆な自分でも、従順で優しい自分でも、激しい自分でも、温厚な自分でも、面白い自分でも、真面目な自分でも、優雅な自分でも、不器用な自分でも、利口な自分でも、愚鈍な自分でもいい。あるいはそれら全部でもいい。今の自分の姿が肯定できればいいのである。強い女性という観念は、か弱い花と同じくらいお定まりのステレオタイプだが、私たちは女性みんなが強くなるよう望むべきだ。その強さを手に入れるためには女性にも男性と同様に、基本的必需品から教育や社会の支援に至るまであらゆる点で、適正な滋養と養成が必要だ。

1　この箇所の前後は以下の通りである。「女は静かにまったく従順に学ぶべきである。私は女が教えたり、男に権威を行使することを許さない。女は静かにしているべきである。なぜならば、アダムが最初に創られ、それからエバが創られたのだから。しかもアダムは騙されなかったが、エバは騙されて、罪を犯してしまった。しかし、女性は信仰と愛と清らかさを保ち続け、貞淑であるならば、子供を産むことで救われるであろう」。

32.

オックスフォード大学

歴史学

なぜヘンリー七世は息子にアーサーと名前を付けたのでしょうか？

一四八六年九月二十日にヘンリー七世の長男が生まれた時、少なくともヘンリーの陣営では、大勢の人が安堵のため息をついたに違いない。その前年のボズワースの戦いではリチャード三世を倒して、ついに血で血を洗う壮絶なバラ戦争も終焉を迎えたと思われていた。それまではプランタジネット王朝が、ランカスターとヨークの二派に分かれて何十年にもわたり王位争奪戦を繰り広げていたために、イングランドは分裂していたが、ボズワースの戦いによってヨーク家は葬られ、プランタジネット朝は終焉を遂げたのだった。戦乱の傷跡はまだ生々しく、人々の胸にはまだ遺恨も残っていたが、少なくとも戦闘はやんでいた。そこへまだ若いヘンリーに王子が誕生したのだから、少なくとも次世代を担う後継者は確保できたと胸を撫で下ろしたであろう。

とはいえ、ヘンリーが赤ん坊の名前にアーサーを選んだことには眉をひそめる人もいたはずだ。当時イギリスの王家はまだフランスとの繋がりが強かったので、王子が生まれるとエドワード（エドゥワール）やヘンリー（アンリ）やジェフリー（ジョフロワ）と名付けていた。しかしこの命名にはとても簡単な説明が一つ考えられる。アーサーは当時みんなが口にしていた名前だったのだ。

ちょうどその一年前のボズワースの戦いのころに、印刷業界の革命児ウィリアム・カクストンが大胆な一歩を踏み出して、まったく新しいタイプの本、『アーサー王の死』を出版した。サー・トマス・マロリーの書いたこれはイギリス史上初の大ベストセラーとなり、王子が誕生するころには既に話題作になっていた。この本にはイギリスの伝説の王アーサーと円卓の騎士たちの刺激的でロマンチックな物語が綴られている。マロリーはその非凡な才能によって、それ以前に存在していたアーサー王にまつわる記録とフランス流の華麗な文体を縒《よ》り合わせ、小説のような緊迫感とテンポを備えた明快な散文を作り出した。印刷技術のおかげで多くの人が出版されたその年のうちにこれを読むことができたし、さらに多くの人が誰かが読むのを聞いて、アーサー王とギャラハッドの気高さやヒロイズムに身を震わせ、ラーンスロットとグィネヴィア妃の悲恋に胸を引き裂かれた。

だから若い国王夫妻が、我が子に当時人気のあったニューヒーローの名前をつけたとしても、別に驚くことではない。今で言えば、J・K・ローリングの書いた魔法使いの少年が有名になった後、多くのカップルが我が子にハリーと名付けたのと同じだ。生まれてきた王子にとっても、それほど名高い英雄との繋がりが持てて、すばらしい人生のスタートを切れたと言えるだろう。

しかし、この命名にはそれ以上の意味もある。アーサーは単なる物語上のヒーローではない。マロリーの物語の中でも、その他の記録でも、アーサー王は六世紀ころに実在していた歴史上の人物として描かれている。彼はイギリス人といってもケルト人で、イギリスを支配していたローマ軍が撤退した後の無秩序状態に規律をもたらし、アングロ・サクソンが侵攻してきた時にはイギリスの西部で最後まで抵抗した人物である。歴史的記録によると、彼は身を挺してイギリスを侵略者の手から守り、伝説となった黄金期に君臨した紛れもない真の王者である。

これはヘンリーとチューダー家にとってはまたとない恰好の話だった。というのは、チューダー家はイングランドの王冠を手に入れたとはいえ、その祖先はウェールズ出身だから、彼らが主張する王位継承権はリチャードのそれよりかなり説得力に欠けていた。そこでヘンリーは、系図学者たちに指示してチューダーの家系をさかのぼるとウェールズに所縁《ゆかり》の深いあの真の王者にたどり着くことを証明させ、我こそイギリス国家の正当な後継者であると主張した。アーサーと名付けられた王子が三歳にして「プリンス・オブ・ウェールズ」の称号を得たのも当然の流れだった。また、ヘンリー七世はボズワースの戦いの後ロンドンへ乗り込む時に、古代ウェールズの王カドワラドルが用いた赤いドラゴンの旗と、イングランドのセント・ジョージ・クロスの旗を靡《なび》かせて行軍した。つまり、ドラゴンとドラゴンを退治したイングランドの守護聖人が一つになったということだ。

本当にアーサー王の血筋なのか、そして本当にアーサー王はウェールズと関係があるのかについて疑念を抱く人が大勢いたとしても、それはもはやどうでもよかったのだろう。

ヘンリーは我が子にアーサーと名付けることで、イギリス史上もっとも輝かしい栄光に包まれた王との関係を十二分に築き上げ、王位に対する異議を上手くかわしたのだから。

要はイメージ作りだった。実際、ブランド力を高めて民衆を味方につけることに心血を注いだ王朝は、チューダーが最初だった。ヘンリー七世だけでなく、ヘンリー八世もエリザベス一世も、今風に言えば一大PRキャンペーンを張った。王家の威光を高めてその地位を確固たるものとするために、絢爛豪華なさまを派手派手しく演出することに余念がなかった。

王子アーサーの誕生は、ウェルギリウスの詩に謳われた黄金時代の再来であるかのように発表され、アーサー王伝説の首都キャメロットにおけるがごとくにイギリスの文化は花開いていくのだ、と人々に印象づけた。この王国が戦乱の世に別れを告げることができたのはまるでチューダー朝のおかげだと言わんばかりに、好戦的とは真逆の文化的で豪奢なイメージを打ち出したのだ。ヘンリー七世はヨーロッパ大陸からピエトロ・トッリジャーノをはじめとした芸術家を呼び寄せ、イギリスの職人を奨励し、目の覚めるようなイギリス・ルネサンスを開花させていった。そして、アーサー王子はそのヒーローとなる予定だった。だんだんと、チューダー朝は魅惑的なオーラを身にまとっていき、イングランドとイングランドの宮廷はヨーロッパ中の羨望の的となった。

しかし、アーサー王子がキャメロットの再来を目にすることはなかった。十六歳になる一六〇二年にチフスと思われる病気にかかり、ウェールズとイングランドの境界にあるラドロウで死んでしまった。その結果、弟のヘンリーがヘンリー八世となり、伝説の王アーサーさえ影をひそめるほどの猛烈なキャラクターを発揮することとなった――輝かしいと同時に恐しい王だった。一方、アーサー王子の方はほとんど忘れられてしまった。彼の死からちょうど四百年目にあたる二〇〇二年にウースター大聖堂で葬儀の模様を再現した追悼ミサが行われたが、世間の関心をそよ風ていどにしか煽《あお》ることができなかった。

33.

ケンブリッジ大学

歴史学

あなたならヘンリー八世とスターリンをどのように比較しますか？

ヘンリー八世もスターリンもそれぞれの国の歴史上で巨人のごとく抜きん出ているが、身体的には何一つ似ていない。ヘンリー八世はチューダー朝の時代にしては大柄だった。身長が百九十センチ（六フィート三インチ）もあり廷臣たちが小人のように見えた。人生の後半になると水平方向にも成長して体重は百四十キログラム（二十二ストーン）、胴囲は百三十センチ（五十インチ）に届くほどだった。一方のスターリンは身長は百六十センチ（五フィート三インチ）足らずと「垂直方向への努力」を強いられており、厚底の靴を履かせたり台に乗せたりして銅像の不足部分を補った。

ヘンリー八世は四十歳ごろまではアスリートとしても抜群でレスリングと弓の名手だったが、スターリンは子供時代の怪我のせいで左腕が短く硬直していた。もしビッグ・ハルとリトル・ジョー[*1]が一騎打ちをするとなったら、当然みんなイギリス人に賭けるだろう。しかし忘れてはいけない、スターリンには一千万以上から成る軍隊がついていて、言うまでもなく戦車と戦闘機も装備している。ヘンリー八世の軍隊はその千分の一あるかないかで、装備と言えばつるはしに弓に火縄銃だ。

しかし、二人の政治体制を真面目に比べてみないことには、どちらの理解も深まりそうにない。もっともスターリンよりヘンリー八世についての理解の方が一層深まりそうではあるが。ヘンリー八世をチューダー朝のスターリンと呼ぶことはあるが、まさかスターリンをロシアのヘンリー八世と呼びはしないだろう。

ヘンリー八世をチューダー朝のスターリンと最初に呼んだのは、景観史家のW・G・ホスキンズだった。きらびやかな衣装をまとって淫らな歌を歌う愉しいイングランドという一般的なイメージも、喜劇俳優チャールズ・ロートン主演の名画『ヘンリー八世の私生活』（一九三三年）に登場したお茶目な暴れん坊のヘンリー八世像も、ホスキンズは否定した。ヘンリー八世時代のイングランドの生活はスターリン政権下のロシアの生活と同じくらい恐しく惨いものだった、と彼は主張したのだ。

確かに類似点はある。スターリン政権下のロシアでもヘンリー八世統治下のイングランドでも、革命が容赦なく強行されていた。スターリンは共産主義を推進し、ヘンリー八世はカトリック教会からの離脱を断行した。これは堕落した腐敗体制（スターリンにとってそれは皇帝と貴族であり、ヘンリー八世にとっては教皇の権力と修道院の横暴）から国民を救うための荒療治であるとの説明はつくだろうが、実際二人ともそうだと言い張った。より良くより健全な国をつくるためには病魔を粛清《しゅくせい》する必要がある、というわけだ。

スターリンもヘンリー八世も自分の行動や意見への反論は一切聞き入れなかった。その気配があるだけで突拍子もなく残酷な方法で黙らせた。どちらにも冷血な補佐役がいて、汚れ仕事を引き受けたり、スパイ網や情報網を整えて背信や脅威の芽を摘んだ。スターリンの参謀は国中を震え上がらせたＮＫＶＤ（人民内務委員会）という警察組織とその長官ベリヤであり、ヘンリー八世のそれはトマス・クロムウェルと星室裁判所だった。クロムウェルにもベリヤにも証拠など必要なかった。ここに気配が、あそこに言い間違いが一つでもあれば、糾弾するには十分であり、白状しない者は拷問にかけてでも口を割らせた。いつ誰に裏切られて売られるか分からない世の中で、空気にはいつも恐怖と不信が漂っていた。スターリンのロシアでもヘンリー八世のイングランドでも裁判や審問は開かれたが、公正な尋問が行われる可能性はほとんどなかった。

しかし、両者の懲罰の仕方はとても異なっていた。ヘンリー八世のイングランドには強制収容所や何年にも及ぶ過酷な労役はなかった。また、暗殺や夜の闇に紛れて素早く始末することも多くなかった。その代わりヘンリー八世の統治下では、公衆の面前で残酷な処刑が行われた。処刑は反逆者を出さないための見せしめだったから、残虐であればあるほどよかった。首を括ったり、引っ張って四つ裂きにしたり、生きたまま茹でたり。しかし、さすがのヘンリー八世も二人目の妻アンを処刑する時には慈悲心を見せて、剣で首を刎ねるにとどめた。

ヘンリー八世の治世に何人処刑されたのかは正確には分からない。年代記の編者ラファエル・ホリンシェッドが一五七〇年代に書いているところによると、処刑された人数は七万二千人で、一五三〇年代には一週間に千人以上が処刑されたこともあるという。これが嘘か本当かを裏付ける証拠はほとんどない。歴史家の多くはそれよりかなり少ない人数であったと考えているが、当時のイングランドの人口が三百万程度であったことを考えると、渦中に巻き込まれる危険はかなり現実的だったと言える。

しかしスターリン政権下での粛清の規模はそれをはるかに凌ぐ。驚愕するほどの人数が巻き込まれた。何百万もの人が死に、さらに何百万もの人が強制収容所で恐ろしい年月を送った。そしてその数をはるかに超える人々が困窮した生活を、恐怖の生活を、幸福な時間を奪われた生活を強いられていた。

ヘンリー八世の行った政治も残酷で非道だったが、概して一般市民への影響は小さかった。そのいやらしさを存分に味わったのは、不運にも宮廷の騒動に巻き込まれた者か、「恩寵の巡礼」の指導者ロバート・アスクのようにヘンリー八世の治世は失政であると国王に正面切って反旗を翻した者だけだった。ほとんどの国民（普通の小作農や自作農、商人や職人、下級のジェントリー階級や土地所有者）は以前と変わらず普通に苦しい生活を送っていた。確かに、多くの人にとっては繁栄の時代だった。修道院が破壊されてすべてを失った人も大勢いたが、修道院がなくなって喜んだ人の方がもっとずっと大勢いたに違いない。それほど修道院への不平不満は募っていた。

イングランドはいくつもの小さな町や村から成る田園の国だったから、政治的大問題も小さな町村には直接的にはほとんど影響しなかった。しかしスターリン体制はソビエト連邦の都市という都市に目に見える影響を与え続けて市民の生活を一変させた。さらに政策の手は田園地帯へも伸び、農業の集団化を強制したために想像を絶する規模の飢饉がもたらされた。スターリン政権下のロシアで大勢の国民が味わった甚大な恐怖や悲惨や苦痛や絶望感と、ヘンリー八世のイングランドでの単発的な残虐行為や揉め事とでは、まるで比較にならない。

スターリン政権は驚愕すべき規模の大虐殺を行い、何百万という人々を国外へ追いやった。その政治体制は大規模な組織作りと全体主義的な統制を強いるものだった。ヘンリー八世の攻撃は限定的で個人的なことさえあり、スターリンのロシアと比較してみたところで、それで何かが見えてくることがあるというよりは、ただの思いつきにしかならないだろう。ヘンリー八世の統治は残虐で危険な中にも道徳観念が働いていたように思える。トマス・モアは自分の良心に従って殉教者となったが、それはつまり良心を持てる道徳的環境で活躍していたから殉教の道を選べたということだ。スターリン政権下のロシアでは、価値観が完全に崩壊して道徳の空洞化が起きていたので、生き残ることだけが大切な世界になっていた。

性格の面でもヘンリー八世とスターリンは大きく違っていた。スターリンは政治の中心地サンクトペテルブルクから遠く離れたジョージア（旧称グルジア）のかなり貧しい家に生まれ、劇的に変化する社会の中を自分の意志の力でトップに上り詰めた。彼がロシアの指導者となったのは、彼と同胞がその体制を作ったからだ。一方ヘンリー八世は王子として生まれ、兄のアーサーが死んだから王位についた。彼は神の意志で王になったわけだ。一生贅沢に楽しく暮らし、魅力的で遊び好きな人間だったが、彼にはそういう人間でいる余裕があったのだ。ダンスをしたり音楽を聴いたり、当時の美しい流行歌「グリーンスリーヴズ」を作曲したりする余裕も、六人の女性と結婚してさらに多くの女性を口説いてものにする余裕もあった。権力は雨のごとく自然に彼のもとへ降り注いだ。権力の座へよじ登った後もさらに地位を固めるために昼夜休みなく戦い続け、享楽や娯楽に割《さ》く時間などほとんどなかったスターリンの暗い人生と比べてこれほど対照的な人生もない。

歴史家ジェフリー・エルトンは、ヘンリー八世を支配体制の中心にはいなかった人物としてとらえた。エルトンに言わせればヘンリー八世は怪物的な支配者になるには弱過ぎたという。虚栄心が強く無節操で、食卓とベッドでのお楽しみにふけるばかりだったというのだ。当時の実権はトマス・クロムウェルに代表されるような、野心的な廷臣や枢機卿の手にあったと彼は主張している。しかし近年になって、制裁や処刑の方法の決定にヘンリー八世自身が大いに関わっていたことを示す書類が発見され、エルトンの見解は見直されることになった。

歴史上の古い出来事を、もっとよく分かっている近年の出来事と比較してとらえ直すのは有益である。絢爛豪華な生活や宗教問題を剝ぎ取って、二十世紀の現実的政策や権力闘争の観点から見ると、ヘンリー八世の治世にも新たな側面が見えてくる。しかし、我田引《がでんいん》水《すい》のような比較に夢中になったり、表面的に過ぎないつながりに目がいったりする危険もある。

取り敢えず私は、ヘンリー八世の治世にはさまざまな危険はあったものの、この時代の思想はスターリンの思想よりはるかに魅力的だと思う。もしかしたら歴史小説の読み過ぎかもしれないし、衣装のせいかもしれない。あるいはスターリン時代の工業化政策が生んだうす暗いブルータリズムと違ってヘンリー八世の時代には美しいものが作り出されたという感覚だけでそう思うのかもしれない。しかし自分の性器が切断されて内臓が引きずり出される拷問にあったら、強制収容所での平和な暮らしの方がいいと思うかも……。

＊1　ハル（Hal）はヘンリー（Henry）の愛称。シェイクスピアの書いた『ヘンリー四世』でも、後のヘンリー五世がハル王子として登場する。一方、スターリンの名前ヨシフ（キリル文字ではИосиф）を英語名にするとジョゼフ（Joseph）となり、ジョーはその愛称である。

34.

ケンブリッジ大学

英語・英文学

なぜシャーロット・ブロンテはジェーン・オースティンを嫌ったと思いますか？

可哀そうなシャーロット・ブロンテ。彼女はジェーン・オースティンについての見解を作家で哲学者のジョージ・ヘンリー・ルイスに宛てた数通の私信にしたためている。ルイスが彼女の小説『ジェーン・エア』に対してかなり上から目線の書評を有力な文芸誌『ウエストミンスター・レヴュー』（一八四七年）に載せたので、それに反論したのだ。ルイスは、ブロンテももう少しメロドラマ的な要素を控えればいい作家になれるだろうと書き、さらに、彼に言わせれば「これまで読んだ中では最高の芸術家」であり「その作品を読むことは実人生を経験するようなもの」であるジェーン・オースティンをブロンテも見習うよう奨励した。出版第一作を小説の技巧の駄目な見本として取り上げられて、彼女は猛烈に傷ついたに違いない。攻撃されたからブロンテは十分に練った（と自分では思った）言葉遣いで自己弁護する手紙を書いたのだが、以来その文面がオースティンの愛読者の批判を招き続けている。

ブロンテはこう書いた。「あなたからお伺いするまでは『高慢と偏見』という本を見たこともありませんでしたが、手に入れて精読致しました。そこには何があったでしょうか？　銀板写真で写したように正確に描かれていたのは、凡庸な顔、そして念入りに囲って手入れされた庭、その庭の整然と区画された花壇と繊細な花。しかし人相にも地相にも生き生きとした輝きが一つもありません。開けた田舎の風景も、新鮮な空気も、青々とした山も、陽気な小川もありません。上品で優雅でも閉ざされた家で彼女の紳士淑女たちと一緒に私は暮らしたくありません」。

言葉を変えれば、オースティンは上手く器用に抜かりなく書いてはいるが、それだけだとシャーロット・ブロンテは思ったのだ。シャーロットは吹きさらしの野性味あふれるヨークシャーの荒野で育った。空一面が暗く天候の荒れる冬場はみんな家にこもっているところだ。彼女の娯楽はボール遊びをすることでも近所の友人を訪ねておしゃべりやカードに興じることでもなく、一人で本を読んで想像を膨らませたり、雨にも負けず風にも負けず夏の太陽にも負けず延々と歩くことだった。一方、ジェーン・オースティンはヨークシャーよりずっと南の気候の温暖なハンプシャーで育った。人々は活発に社交をし、散歩の途中で小降りのにわか雨にあうだけで大騒ぎをするようなところだった。これ以上対照的な生活は考えられない。だから、シャーロットが自分には想像がつかないどころか理解など到底できない生活を送った人物を手本にしろと言われて反抗的な態度に出たのも無理はない。

ルイスにメロドラマだと批判された時、都会的な抑制の利いたミス・オースティンに比べて自分は粗野で偏狭であると言われたと感じたに違いない。彼女が反撃に出るのも当然だ。ロンドンの洗練された知識人たちからはるか離れたイングランド北部のヨークシャーにいたシャーロットにとって、ルイスのこのオースティン擁護は自分をエリート社会から締め出すことのように思われたのだろう。

表面的には性格も執筆姿勢もまるで違うので、シャーロットがジェーンに我慢ならなかったとしても驚きはしない。現在この二人はそろって時代劇《コスチユームドラマ》の頂点であり、日曜夜の特別回顧テレビ番組の素材となる小説を書いた女性作家という同じ範疇に括られているが、少なくとも初期の段階では、二人は正反対の作家だったようだ。

シャーロットは、寂寞たる荒野に燃え立つ情念の悲劇を書き綴る苦悶するロマンチックな作家のイメージそのものだ。ブロンテ家の三姉妹と男子一人が子供の頃から読んでいたバイロンやシェリーやワーズワースなどのロマン派の作家たちは、自分は世間から隔絶して孤独で誰からも理解されない人間だから、自然や豊かな内面生活に目を向けてインスピレーションを得ようと考えていた。彼らは都会のちまちました浅ましさを脱ぎ捨てて本質的な真実と純粋を求め、人里離れた大自然の中へ冒険の旅に出た。シャーロットや妹たちにはその必要はなかった、最初からそこにいたのだから。ブロンテ姉妹が憧れたロマン派にとって、詩人とは地上における神であり、詩人の想像力は、現世の苦痛を越えてよりよい世界をつくり、それに向けて心を開かせる力ともなった。ロマン派にとっては、愛もまた自然と同様にすべてを超越するもの、何もかもを圧倒するもの、永遠のものだった。愛とは凡庸ならざるもので、たいていは苦しく、多くの場合悲劇的で、常に困難を伴い、運命のいたずらで報われないか不幸な結果に終わるかのいずれかだった。

それに対して、ジェーン・オースティンの文章は抑制が利いていて、都会的で、軽妙で機知に富み、一見とても典雅で古典的だ。彼女の小説世界は落ち着いていて洗練されている。『高慢と偏見』ではベネット家の五女リディアが危険人物のウィッカムと駆け落ちをするが、それも激しい情熱からではなく未熟者の愚かで恥ずべき行為として描かれている。ごくたまに交わされるキスも抑えきれない情欲の発露ではなく丁重だ。悪天候はインスピレーションではなくただの迷惑だ。ヒロインたちは悩むが、悶絶するほどの苦悩は経験しない。

シャーロットはジェーン・オースティンを無味乾燥だと言い、『エマ』を読んだ後でこう書いている――「情熱家の皆さんは彼女（＝オースティン）にとっては見ず知らずの他人です。気性の激しい女性たちは口もきいてもらえません。感情家の皆さんでさえ、彼女からはおつにすました上品な会釈をたまに頂戴する程度です。そういう皆さんと頻繁に会話を交わしたら彼女の皺一つない優雅な暮らしがくしゃくしゃになるのでしょう」。痛いっ！

もちろんシャーロットは浅慮なジョージ・ルイスに対しても不満を抱いていた。彼はいつまでもミス・オースティンを持ち出して彼女を批判し、出版第二冊目となる『シャーリー』に対しては『ジェーン・エア』の時と同様おざなりな批評しかしなかったばかりか、作者はカラー・ベルと名乗っているが実はシャーロット・ブロンテなのだと迂闊にも仲間内で秘密を漏らしてしまった。これではシャーロットが偏見なしにジェーン・オースティンを読めるはずがない。

もし何の偏見もなしに読んでいたら、自分との共通点をもっと見つけていたかもしれない。第一に、シャーロット・ブロンテの小説は、妹エミリー・ブロンテの『嵐が丘』のような壮大なゴシックロマン風のメロドラマではない。バイロンを思わせるアンチヒーローのヒースクリフが登場する『嵐が丘』については、シャーロットも未熟で粗雑だと批判しているが、その口調は自分がルイスからジェーン・オースティンと比較して批判されたのとかなり似ている。さらに出版第三作目の『ヴィレット』に登場する物静かで決然とした態度の女性ルーシー・スノウは、『マンスフィールド・パーク』のファニー・プライスをはじめとしたジェーン・オースティンの描いたヒロインたちとあまり違わないように思える。面白いことに、『マンスフィールド・パーク』も『ジェーン・エア』もヒロインは住み込みの家庭教師をしていて、子供の頃には親に見捨てられて邪魔者扱いされて酷い目にあっている。

二人ともそれぞれのやり方で女性を擁護し、恋愛においても人生においても知性と意志を働かせて自らの選択を望む女性登場人物を描いた。キーラ・ナイトレイが主演をつとめた映画版『プライドと偏見』はある批評家からオースティンの「ブロンテ化」と言われたが、オースティンの都会的な抑制に現代的な改装を施してメロドラマチックでセクシーなひねりを加えた、ということだろう。オースティンが聞いたら、それは捏造された情熱で、エリザベス・ベネットに迫ったウィッカムと同じく男らしさを売りにしているだけで信用できないと言うかもしれない。シャーロットもまた、ロチェスターがジェーン・エアに夢中になったところで彼女を逃げ出させているから、それに同意するのではないだろうか。ジェーン・エアはロチェスターが火事で失明して謙虚にならないと戻ってこない。オースティンもブロンテもヒロインが傲慢な男と結ばれることは許さない。そういう男はまず手なずけなければいけないのだ。だからもし二人が出会っていたら、シャーロット・ブロンテは思っていた以上に自分とジェーン・オースティンは共通点が多いと思ったかもしれない。まさに『教授』で書いている通りだ。「姉妹の愛情の価値というものをあなたもよくご存じでしょう。それ以上のものはこの世にはありません」。

35.

ケンブリッジ大学

医学

あなたは湖に浮かべたボートに乗っています。そのボートから石を一つ投げると水位はどうなりますか？

もちろん、架空のシナリオはいくらでも考えつく。なぜボートから石を投げることになるのか？　恋人から携帯に別れのメールが届いて落ち込んでいるのか？　それは古いボートでどんどん水が入り込んでくるから必死で沈むのを食い止めているのか？　その石はどれくらいの大きさなのか？　岸まで打ち寄せる波が立つほど大きい石なのか？　実は思い切り投げて石は湖岸に着地するのか？

いや、これは単純に物理の問題として扱った方がいいだろう。そうなると、アルキメデスの原理が関係してくる。この原理を発見するに至った経緯は科学史上最大の眉唾物の一つだ。アルキメデスは紀元前三世紀のシラクサに住んでいた科学者だが、典型的な学問馬鹿で、高尚な思索にふけってばかりいて日常生活はまるで気にしなかった。古代ギリシャの伝記作家プルタルコスによると、「彼は考えることに夢中で、食事も忘れ、身なりにも全く気を配らなかった。限界までくると友人たちが無理やり風呂に入れ、甘い香りのオイルを付けさせた。しかしそうしている間にも彼は世俗を離れて図形を書いていた」。

ある日そうやって入浴させられている時に、アルキメデスはいわば偶然その原理に出合った。古代ローマの建築家ウィトルウィウスがその二百年ほど後に語ったところによると（だから怪しいが）、シラクサの王ヒエロンがある金細工師に金塊を渡して王冠を作るよう依頼したそうだ。細工師は立派な王冠を作って持ってきたが、ヒエロン王は彼が金をちょろまかして安い金属を混ぜたのではないかと疑った。しかし王冠はもとの金塊と正確に同じ重さである。ではその不正をどうしたら暴けるだろうか？　ヒエロン王はアルキメデスにこの問題の解決を命じ、アルキメデスは考えに考えた。ある日、風呂に入って考え込んでいた時、自分が湯船に浸かると水位が上がることに気づいた。

タオルや服で体裁を整えようなど思いもしない人間だから、彼は一糸まとわぬ姿で風呂から飛び出すと、声の限りに「ユーリカ！　ユーリカ！

「(分かった！　分かった！)」と叫びながら通りを駆け抜け王のもとへ参上した。この派手な演出は、プレミアリーグでの最高のゴールパフォーマンスもウサイン・ボルトの稲妻のごとき疾走もかなわない。

これはウィトルウィウスの言うように、アルキメデスの発見だった。彼はまず王冠と同じ重さの金塊を水に沈めた。その次に王冠を水に沈めると金塊の時より水位が上がった。つまり、重さは同じでも、王冠は金より体積が大きいということであり、純金ではない可能性が出てきた。不幸なことに金細工師は処刑されてしまった。

その千八百年後にガリレオはこの話に疑問を抱いた。これは天才的な閃きだが、アルキメデスほど几帳面で緻密な理論家にしては考えられない話だ、と彼は考えた。しかし、その話が真実だろうとなかろうと、アルキメデスはこの分野の草分け（というか水分け）として浮力に関する発見を次々としていった。

アルキメデスは、物体は空気中より水中の方が軽くなることも解き明かした。物体は水中に入れるとその重みで下へ引っ張られる。しかし、水は、アルキメデスが気がついたように、その物体が押しのけた水の重さと等しい力で押し上げてくる。どんなものでも水中に入れると周囲から水圧を受けて押し上げられる。だから船は、その重さが水によって押し上げられる力と等しくなるところまで沈み、そこで浮かぶ。どかされた水より軽い物体は浮く。重いものは沈む。これは確かな話であり、しかも簡単に計算できる数学的相関関係である、とアルキメデスは証明してみせた。

すべては水中の物体の重さとそれによってどかされた水の体積の関係で決まる。鋼鉄は比重が大きいから浮かないが、鋼鉄製の船は浮く。船体が空洞な分だけどかされる水の量が大きくなり、重量のある鋼鉄を浮き上がらせる浮力が生じるのである。

この設問もここから考えてみよう。石が船の中にある時は、船に石の重さを足したのに等しい重さの水をどかしていることになる。言い換えると、ボートの中にある間は石は石の重さと同じ重さの水をどかしているということだ。

しかしそれを船から投げ捨てると、話が変わってくる。まずその石は水に浮く軽石ではないと仮定しておこう。普通の比重の大きい石なら、湖に投げれば魚たちを怯えさせながら湖底まで沈んでいく。湖底まで沈んでしまったら、もはや石がどかす水の量は、その重さと同じ重さの水量ではなくなる。その石の体積と同じ体積の水をどかすだけだ。石は水より比重が高いから、どかされる水の量はより少なくなる。ということは、水面はわずかに下がることになる（なぜなら石が湖底に沈んだ状態で浮かんでいる船にどかされる水の総量は、石を乗せている浮かんでいる船にどかされる水の総量よりごくわずかだが少なくなるから）。しかし、石を投げ入れる時に自分まで船から落っこちると、事態はかなり複雑化してくる……。

36.

オックスフォード大学

地理学

フェアトレード[*1]のバナナは本当にフェアでしょうか？

先進国の人々は発展途上国の貧困の程度を聞くとショックで唖然としてしまう。それに比べたら自分は快適な暮らしをしているので何か援助をしなければいけないという気持ちになる。慈善活動は短期的には役立つが、多くの人は世の中がもっと公平になることを――みんなが労働に対して正当な対価を受けられることを、働いて適正な収入を得られることを――望んでいる。こうした公平の観念に基づいて生まれたのがフェアトレード運動である。

さかのぼること十三世紀に、神学者トマス・アクィナスが「ジャスト・プライス《正当価格》」の観念について話している。商売人は適正な利益を上げるのにジャスト（正当な）価格は課してもよいが、過度の利益を上げるのは罪である、と彼は主張した。しかし彼の提案する正当な価格とは、単に買い手が喜んで支払いに同意する価格だ。一方、現代のマーケティングの研究者たちは、価格設定に道徳的要因はまったくない――価格は単純に需要と供給のバランスで機械的に決まるのだ――と言っている。それ以外の価格決定は、自由市場の正常な仕組みを損なうものなのだそうだ。しかし、多くの人は何が「フェア」な価格で何がそうではないかについて、とても明確な意見を持っている。現在は「ジャスト」という単語は使わないかもしれないが、不当に「剝奪」されていると聞くと黙ってはいられない。さらに、多くの人が両者にとってフェアであるべきだと思っている。つまり、消費者だけでなく生産者も剝奪されてはいけないのである。近年経済学者たちは、自由市場においても倫理的配慮が重要であるという認識に改めるよう迫られている。

フェアトレード運動のきっかけは、途上国の貧困の原因の一つに、生産者の利益剝奪が挙げられたことだった。消費者はコーヒーやバナナなどを店舗で買う時には結構な金額を払っていると思っていたが、支払った金はそれを栽培した貧しい農民の手にほとんど渡らないことが分かったのだ。

貧困問題に取り組む団体オックスファム[*2]は、ウガンダで栽培されたコーヒー豆一キログラムの価格を追跡調査して、二〇〇二年に「マグド《強奪》[*3]」という上手いタイトルの報告書にまとめた。農家へはアメリカ通貨で十四セントしか支払われなかった。地域の加工場にも五セントかかっているが、輸送その他のコストも発生して輸出業者が買い取る時には二十六セントになっていた。輸出業者はコーヒーを選別し包装して四十五セントで売った。豆を焙煎してインスタントコーヒーの顆粒にする多国籍大企業の手に渡るまでには価格は一ドル六十四セントになっていた。しかし、インスタントコーヒーとして製品化されて店舗で売られる時にはなんと一キロ二十六ドル四十セントになるという。農家が受け取った金額の二百倍に近い。フェアトレード運動では、最終価格から生産者に直接届く金額の割合を増やした製品を消費者が選べるようにした。消費者を対象に実施した調査によると、本当にそういうことになるのなら、多少の割増額は喜んで払うと答えた人がかなりいたそうだ。

しかし問題は価格だけではない。バナナを栽培している多くの国では、小規模農家は大農園に食いつぶされたり、横暴な中間業者の意のままになっている。エクアドルやコスタリカなどの国では大農園での賃金は最低で、幼い子供もバナナ農園で長時間働いているという話も聞く。さらに悪い事態も発生している。スーパーマーケットの需要に応える「完璧な」バナナを収穫するために、そして生産の拡大につれて深刻化する病気や害虫を駆除するために、農薬や殺菌剤の使用が広まっているのだ。労働者たちは経済的に苦しいだけではなく、こうした化学薬品にさらされるために呼吸器疾患にも苦しんでいる。さらに、実は病気の蔓延によりバナナが完全に消滅するのではないかという不安もある。

フェアトレード運動も、最初は数件のコーヒーその他の生産者がオックスファムのような慈善団体を通じて直接販売をするだけの小規模なものだった。信頼のおける慈善団体が生産者と直接繋がっていることで、消費者は生産者がもっと公正な対価を得られると信じることができた。しかしフェアトレード運動が本当に軌道に乗ったのは、「認証」基準が導入されてからである。認証ラベルを付けることで、消費者はスーパーマーケットのような一般の店舗でもフェアトレードの方針が貫かれた製品であると信じて購入することができるようになった。これはコーヒーからはじまった運動で、今では販売されているコーヒ

ーの五分の一以上がフェアトレードのルートに乗っている。

しかしイギリスで特にブームを呼んでいるのはフェアトレード・バナナだ。セインズベリーやウェイトローズなどの大手スーパーマーケット・チェーンはフェアトレードのバナナしか扱っておらず、イギリスの消費者の三分の二近くは毎年何本かはフェアトレードのバナナを購入している。

この規模の取り引きでは、方針が本当に結果に繋がっているかどうかを知ることが重要になってくる。フェアトレードのバナナは本当に生産者と消費者の双方にとってフェアなのだろうか？　それを証明しようとさまざまな研究がされている。これまでに、たとえばサセックス大学の「開発学研究所」のサリー・スミスや、「グローバル開発センター」のキンバリー・エリオットらが調査をおこなった。しかしこうした調査によって分かったことは、フェアトレードのシステムがどれほど機能しているかを解明するのは驚くほど難しいということだけだった。

その理由の一つは価格変動である。フェアトレードでは、市場価格の変動で生産者が打撃を被らないように、価格を固定した前払い方式を方針の一つに掲げている。バナナの価格が世界的に下落したときにはこれは大いに機能した。しかし、バナナの価格が高騰している現在、オープン市場であれば生産者はもっと儲けを上げられるのではないかと思われるのに、フェアトレードが足枷になってしまっているようである。

その他にも、フェアトレードの認証を得る際に、生産者側に、たとえば強制労働および児童労働の禁止や、遺伝子組み換え作物の禁止などいくつかの要求が突きつけられる。こうした制約は消費者には適切に思われるが、生産者には地元のニーズを考えていない不公平な押し付けだと思われるかもしれない。

フェアトレードの認証を獲得するためにはかなりの金額を支払う義務もあるが、その認証料金を払う余裕のない人にはこれも不公平に思われるだろう。しかし、こうすることで双方に責任のある立場が保証されるのだ。その費用を喜んで払う生産者が増えているということは、それだけの価値があると考えている印でもある。しかし生産者の得る利益は、フェアトレードのバナナを購入する消費者が期待しているものとは少し違うかもしれない。一例を挙げると、フェアトレードは収入の増加や労働環境の改善にいつも直結するわけではない。生産者に市場へのよりよいアクセスと情報を提供することで効果を上げていくのだ。さらに、臨時雇用ではなく正規契約での仕事に就くことで、多くの労働者がより高い社会的地位と安定した生活を得ることもできる。こうして永続的な職に就いた人たちには顕著で有益な結果がもたらされているが、これに比べると、移民労働者や安定した職に就くことが難しい人々は苦しんでいるようである。

しかし、全般的な印象としては、フェアトレード・バナナは本物の利益をもたらしているようである。サリー・スミスによれば、「(バナナをフェアトレードで取り引きした結果)プラスの影響が、個人に限らず家庭や地域社会や国家的経済に至るまで広く現れており、(特に小規模農家の)収入の安定、生産手段の改善、市場への直接参入、そして組織や販売網への能動的な参加に繋がっている」そうである。

フェアトレードでもっとも感動することは、消費者の選択が流れを変えたという点だろう。スーパーマーケットはイメージアップになるという理由でフェアトレード製品の販売を促進しているが、近年では「倫理的」で「持続可能な」製品の調達こそ貴重なマーケティングツールであるという考えがますます強まっている。イギリス市場におけるフェアトレード・バナナの成功は、スイスなどいくつかの国で見られるフェアトレード・コーヒーの成功にも引けをとらないものだが、これは一般の買い物客でもより公平な世界作りに協力できるという証明である。二〇一三年にバングラデシュの縫製工場ビル「ラナ・プラザ」が崩壊するという悲劇が起きたのをきっかけに、数社のアパレル企業が対策を講じたが、これはつまり、今日西洋の小売業界では発展途上国の労働者の搾取問題に敏感に対応する必要が出てきたということだ。フェアトレードの規模はまだ小さいが、今はじまったばかりである。

＊1　fair trade には「公正取引」（公正取引協定に従った取引）の意味があるが、この章で取り上げているのは「フェアトレード」（生産者が適切な収入を得られるように適正価格を支払う運動）の意味である。

＊2　オックスファム（Oxfam）は一九四二年に「オックスフォード飢餓救済委員会（Oxford Committee for Famine Relief）」として始まった組織で、現在は九十か国以上で貧困や不正をなくすための支援その他の活動を繰り広げている。二〇〇三年にはオックスファム・ジャパンも設立され、世界の貧困根絶を目指してさまざまな活動をしている。

＊3　原題は Mugged —— Poverty in your coffee cup で、mug（マグ）には「マグカップ」の意味もあるが、「強奪する」の意味もあるからこの報告書のタイトルとしてはまさにぴったりである。邦訳書は『コーヒー危機——作られる貧困』（訳・村田武、日本フェアトレード委員会）という題名で二〇〇三年に筑波書房から出版されている。

37.

オックスフォード大学

地理学

地理学と『夏の夜の夢（*A Midsummer Night's Dream*）』はどのように結びつきますか？

これはシェイクスピア劇の中でもっとも幻想的で現実離れした芝居だが、このタイトルからして地理学的だ。どの夜でもいいわけではなくて、夏至の夜に限定されている。[*1] 太古の昔の神話の世界では夏至の夜は重要な意味をもっていた。シェイクスピアが生きていた頃のイングランドは表向きはキリスト教国だったが、ずっと深いところにはキリスト教以前の異教信仰が根付いており、魔力に満ちた空間を妖精や精霊が跋扈《ばっこ》する夏至の夜をこの芝居は見事に祝福しているのである。

夏至の日の特別な太陽の動きは、イギリスその他の無数のストーン・サークルや古代遺跡で注目され祝われている。特にストーンヘンジの石群は夏至を崇めるためにその形に配置されたのであろうと専門家たちは見ている。だから今でも夏至の夜明けには、太古の石群の隙間から射し込む朝日を見ようと、何千人もの人がストーンヘンジに集まる。

地理学的には、言うまでもなく、夏至は一年で一番昼が長い日で、太陽は一年の他のどの日より早く昇り、正午にはより高いところにいて、沈むのも遅い。しかし、ストーンヘンジにいれば、この日には太陽が一年で一番北に近いところから昇り、一年の旅の最果てにたどり着いたことも見て取れる。

だから夏至（the summer solstice）は一年の折り返し地点の sol stice ――ラテン語で「太陽が立ち止まる」の意味――である。北半球では一年の前半は、日一日と日昇と日没の位置が北へ移動していく。そして夏至の日に北へ向かう旅は一瞬停止し、今度は日一日と南へ移動していき、六か月後には夏至の正反対の一年で一番昼が短い冬至となる。

もちろん、動いているのは太陽ではなく、地球が壮大な楕円を描いて太陽の周りを一年かけて一周しているのである。地軸が傾いているので、地上から太陽を見る角度は日々変わっていく。だから太陽が空を移動している道筋が少しずつずれていくように見えるが、実は角度を変えながら移動しているのは地球の方なのだ。

正午に太陽が頭上もっとも高いところ、つまり天頂に達した時には、自分は太陽にまっすぐ面しているとも、太陽の光が垂直に射してくるとも言える。地球は太陽の周りを回っているので、太陽が垂直に照りつける（太陽の南中高度が九十度になる）緯線は赤道から南へ北へと移動していく。北半球での夏至はその緯線がもっとも北へ寄った時で、その緯線は北回帰線と呼ばれている。南半球での夏至は六か月後にそれがもっとも南寄りの緯線、南回帰線に至った時だが、この日は北半球では冬至となる。

もちろん太陽のこうした動きは天文学上の特徴を示しているだけではない。私たちに季節をもたらす。毎年夏至までは日々太陽が高くなって昼が長くなり、気温が上がって季節は冬から春へ、そして夏へと移っていく。夏至が過ぎると、今度は太陽は低くなってきて昼はどんどん短くなり、気温が下がって秋になり、そして冬になる。まるでそのサイクルがクライマックスに達したかの感があるから、この日は魔法のかかった特別な日となり、何かが起きる予感に包まれるのだ。

今さら言うまでもないが、シェイクスピアの芝居は地理に関してはいい加減である。どれもそうだ。場面をヴェローナやヴェネツィアやエフェソスやエルシノア[*2]に設定はしているが、現地の当時の雰囲気はあまり伝わってこない。と言っても、それも当たり前だ。シェイクスピアはイングランドの外を旅して回ったとしても、その証拠は一つも残されていないのだ。ただ、異国情緒あふれる遠くの知らない国の話だと思わせることさえできればよかったのだ。しかし、『夏の夜の夢』では吹く風に至るまで地理上の正確さを装っている。

この芝居はアテネからはじまり、妖精の森はおそらくアテネに隣接しているという設定だろう。しかし、シェイクスピアの描いたアテネは、廃墟となった寺院が立ち並ぶエーゲ海沿岸の太陽の照りつける都市とは思えない。そして、恋人たちが一夜を過ごす魔法の森は魔力の限りをつくしてアテネから遠ざけられたような場所である。そこはまさにイギリスの森、シェイクスピアもよく知っていたアーデンの森に似ている。この森の描写には躍動感とその森に対する愛情がこもっているが、それはここを子供の頃から歩き回って刻々と変わりゆくその姿に親しんできた人物にしかできないことだ。妖精の王オーベロンが口にする野生の花はイギリスの森に咲くもので、その生態をじっくり観察したことがなければこうは言えない――

むこうに花園がある、麝香《じゃこう》草が咲きみだれ、
桜草が生い茂り、スミレが風に答えて頭をうなだれ、
その上を天蓋のように、甘い香りを放っている
スイカズラ、麝香バラ、野バラがおおっている。

二幕一場（小田島雄志訳）

シェイクスピアはイギリスの気候にも通じていたが、この国で育ち、自作の芝居を青天井の劇場で上演していた人物ならそれも当然だろう。しかしそれにしても彼の天候の描写は正確だ。

オーベロンと妖精の女王タイテーニアが大ゲンカをしているために天気が荒れ狂っているが、その様子をタイテーニアはイギリスの天候を実際に経験した者ならばすぐにピンとくる言葉で表現している。[1] たとえば彼女は風が海から霧を吸いあげると言っている。彼女はおそらく海上に発生する霧、つまり海霧のことを言っていると思われる。これは夏季にイングランド東部の沿岸の海上に発生する霧だ。暖かい空気が冷たい北海上空に吹き込んだ時に下層の水蒸気が凝結して靄になる現象である。海よりも陸の方が暖かいためにこの

靄はタイテーニアの説明しているように陸地に引き寄せられる。アテネの夏がタイテーニアの嘆くような惨めな夏になるのは、イングランドのこの海霧があればこそだ。

この芝居は倒錯した魔法の森が舞台となっているが、この世界を描き出せたのは、自然界、それも四季が巡り、風が時に激しく時に優しく吹き、花々がその生態に合わせて適材適所で咲くイギリスの風景に慣れ親しんでいた人物である。だからこそ、シェイクスピアのこの芝居は単なるファンタジーには到底真似できないほど胸に響いて記憶に残るのだ。

1　以下に一例を挙げておく。
そのために、口笛を吹いてもむだと知った風は、
その仕返しに海から毒気をふくんだ霧を吸いあげ、
陸地にたえまなく降らせ続ける。そこで
小さな川は思いあがり、堤を破り、
いたるところで氾濫し、水びたしにしてしまう。（二幕一場　小田島雄志訳）

＊1　midsummer は「盛夏・真夏」の他に「夏至」の意味もある。
＊2　ヴェローナは『ロミオとジュリエット』と『ヴェローナの二紳士』の前半と『じゃじゃ馬ならし』の一部の、ヴェネツィアは『ヴェニスの商人』と『オセロ』の一部の、エフェソスは『間違いの喜劇』の、エルシノアは『ハムレット』のそれぞれ舞台となっている。

解説

私の大好きな風刺漫画の一つに、二〇一三年五月三日付タイムズ紙に大きく載った、とある「学園風景」を描いたものがある。制服が燕尾服であるからして、デヴィッド・キャメロン元首相が出た世界的に有名なイートン校をなぞらえているわけだ。ご本人は寝っころがってシャンパンを飲んでいる。みんな顔は中年で、ジョージ・オズボーン元財務相（名門セントポール校、オックスフォード大学）と、金髪のモサモサ頭で目立ちたがり屋のロンドン市長（二〇一五年当時）、ボリス・ジョンソン（イートン校、オックスフォード大学）がたむろしている。その左端に、二〇一五年五月の総選挙で大敗するまで保守党との連立内閣で副首相を務めていた自由民主党の党首（当時）、ニック・クレッグ（名門ウェストミンスター校、ケンブリッジ大学）が下級生のように顎で使われ、シャンパンの給仕をしている！　高校生キャメロン君のいうことがいい。

「金融界、法曹界、外務省、ヘッジファンドとなんでも来い、我々はあらゆる社会的背景を持っているではないか！」

つまり通常様々な「階層」を意味する「社会的背景」という言葉をわざと無神経に使って、エリート校出身の政治家はその不公平さに気づいていないと皮肉っているのである。キャメロン元首相はこの風刺漫画家がしばしば描く「学園風景」について、二〇一五年四月五日付タイムズ紙付録雑誌のインタビューで「意地悪な漫画ほどうんと笑わせるよ」と余裕のあるところを見せていた。

ケンブリッジ、オックスフォードの両大学は、学者・学生間のライバル意識はもちろん強いが、俗に「オックスブリッジ」とまとめていわれるほどに、世間一般には超エリート校として似たようなイメージを持っている。ここを出た人のほとんどが眩《まばゆ》いばかりの出世コースを辿ることになるわけだが、日本人は、それなら東京大学出身者と同じだと思うかもしれない。しかし本書に見られるごときの口頭試問を通るような頭のひらめきと論理性と、張ったり能力と持久力を体に染みつかせるには、とても公立校の受験勉強では追いつかないのである。

そういう階級社会イギリスの現実は前作『あなたは自分を利口だと思いますか?』の「解説」で説明したから、ここでは簡単にある調査結果の数字を見てみよう。二〇一四年八月二十八日付タイムズ紙の伝える「社会的流動性及び貧困児童委員会」の報告書によると、高等裁判官の四分の三、英軍上層部の三分の二、次官級官僚の半数が、全就学人口の七%にすぎない私立校出身者だという。この少数の私学生がオックスブリッジの学生の半数近くを占めている。メディアも五十四%が私立校出身者で、三十年前の四十七%からさらに増えている。体制側も体制批判をすべきジャーナリストもお仲間というわけだ。
出身大学でほぼ将来が決まる以前に、論理性と学力を養い、情操教育を施す受験指導に関して、めっぽう学費の高い私立校と無料の公立校の間では雲泥の差が生じているのだ。二〇一五年九月に始まる新学年の私立校の学費は、ロンドンの名の知れた通学校で年間一万五千ポンド（約二百八十万円）前後、田園に広大な敷地を持つ寄宿舎学校では三万ポンド（約五百六十万円）は必要になる。それでも愛する我が子のオックスブリッジへの道が開けるのなら、別荘の一つを始末しても惜しくはない！

従来の階級社会に現在の経済至上主義からくる金銭的格差が絡まって、イギリスはますます教育、つまり雇用の機会均等への道から逆行している。そうなると、公立校、福祉、医療等の充実を目指す平等主義が高く掲げられるようになるのは必須のことだ。

「左翼」という古い言葉がよく似合うジェレミー・コービン議員は、二〇一五年五月の総選挙で大敗した労働党の新しい党首候補として組合をバックに労働党従来の反緊縮政策を掲げ、四人の最終候補者の中で独走していった。同年九月十二日、ほぼ六十％という圧倒的支持を得てコービン党首が誕生したが、リベラルな中産階級を抱え込んだブレア政権に始まる近年の中道路線とことごとく対立し、「影の財務相」に反資本主義を唱える急進派議員を任命するなど、党内の亀裂は深刻化している。

ところで、コービン党首は大学を出ていないが、「影の内閣」の元閣僚だった他の三人の候補者は、全員が公立校経由のオックスブリッジ出身者だった！

さて政界がオックスブリッジ出身者の「表の顔」だとすれば、「裏の顔」は俳優やコメディアン、または風刺の利いたインテリ・コメンテーターというところか。

たとえば、オックスフォード大学を出て二十六歳で有名な風刺雑誌『プライベート・アイ』の編集長になったイアン・ヒスロップ（一九六〇～）だ。マスコミで最も多く名誉毀損で訴えられた人という名誉な評判を持つ風刺作家で、テレビ出演も多い。コメディアンとは喜劇に出演する俳優とは限らず、一人語りや掛け合いで鋭く世の中を突いたり、バラエティ番組の司会やゲストとして生真面目な顔で辛口の冗談を飛ばす「大物タレント」の場合も多い。ドタバタの仕草とか大げさな顔つき、声色で笑わせるのとはちょっと違う。

ヒスロップのお仲間かどうかは知らないが、同世代のスティーヴン・フライ（一九五七～）も有名な物書きコメディアンで、ケンブリッジ大学の「フットライツ（脚光）」という由緒ある演劇クラブで活躍した。クラブ仲間に大物女優のエマ・トンプソン（一九五九～）がいる。過去には劇作家ピーター・シェーファー（一九二六～二〇一六）、テレビ番組司会者・インタビューアーのデヴィッド・フロスト（一九三九～二〇一三）、演出家トレヴァー・ナン（一九四〇～）、作家サルマン・ラシュディ（一九四七～）などの世界的な大物が名を連ねる。オックスフォード大学の卒業生には『Mr.ビーン』で人気のコメディアン、ローワン・アトキンソン（一九五五～）がいるし、ダドリー・ムーア（一九三五～二〇〇二）、ヒュー・グラント（一九六〇～）などの有名俳優も卒業生だ。

少し古い話だが、ケンブリッジ大学でコメディ・クラブの仲間だった六人の同窓生が十年後に再会する、『ピーターズ・フレンズ』（一九九二）というコメディ映画が大ヒットしたことがあった。フライ演じるピーターが相続した田園の屋敷に、メディアや映画・テレビ界で成功した友人とそのパートナーを招いて週末を過ごす物語だ。ノスタルジアに満ちた悲喜こもごもの人間模様は充分おもしろいが、加えて主なる出演者が実際にケンブリッジ大学のフットライツの同窓仲間であることが大きな魅力になった。たとえばピーターがゲイと知らずに片思いする同窓生はエマ・トンプソン。他にもヒュー・ローリー（一九五九〜）、トニー・スラッタリー（一九五九〜）などは現在でも人気の高い俳優であり、シナリオの共作者マーティン・バーグマン（一九五七〜）はハリウッドに本拠を置く作家、映画監督、プロデューサーだ。フライをはじめとするこの世代の〝ショービジネス・インテリゲンチャ〟は、この映画から二十年以上経った現在もますます大物アーティストになって活躍している。

次世代のインテリ・コメディアンの代表格は、ケンブリッジ大卒のスー・パーキンス（一九六九〜）だろうか。「フットライツ」で活躍し、女性では珍しくクラブ代表に選ばれた。テレビの料理・旅行番組からしろうと指揮者のコンテスト『マエストロ』まで、様々なリアリティ番組に出演して大きな人気を得ている。クールで飾り気がなく、頭のいいところをひけらかさない自然なコメントとしゃれっ気のないカジュアルな服装が、実は知性そのものを彷彿させる。パーキンスはいわゆる「タレント」のカテゴリーに入るだろうが、視聴者に媚びないところが人気の秘訣に違いない。

思えば政治家とコメディアンは、あれやこれやと捻《ひね》くりまわす言葉が勝負であるのが共通点。両者ともどうやって相手を共感させる言葉を捻り出すか、または台本作者やスピーチライターの書いた「台詞」でも自分のものとしてアピールできるかが腕の見せどころだ。したがってハイレベルの知性とずる賢さを磨き上げることにかけてはぴか一のオックスブリッジが、そのような人材を輩出し続けるのは当然至極のことなのである。

それはともかく、政治家とコメディアンって同じ人たちかもしれないし！

ロンドン在住ジャーナリスト
秋島百合子

*本書は二〇一五年一〇月、小社より刊行された『ケンブリッジ・オックスフォード合格基準　英国エリートたちの思考力』を文庫化したものです。

オックスフォード&ケンブリッジ大学《だいがく》
さらに世界一《せかいいち》「考《かんが》えさせられる」入試問題《にゅうしもんだい》
「まだ、あなたは自分《じぶん》が利口《りこう》だと思《おも》いますか？」

二〇一八年 四 月二〇日 初版発行
二〇二五年 三 月三〇日 6刷発行

著 者 ジョン・ファーンドン
訳 者 小田島恒志《おだしまこうし》・小田島則子《おだしまのりこ》
発行者 小野寺優
発行所 株式会社河出書房新社
〒一六二－八五四四
東京都新宿区東五軒町二－一三
電話〇三－三四〇四－八六一一（編集）
〇三－三四〇四－一二〇一（営業）
https://www.kawade.co.jp/

ロゴ・表紙デザイン 粟津潔
本文フォーマット 佐々木暁
本文組版 株式会社キャップス
印刷・製本 中央精版印刷株式会社

Printed in Japan ISBN978-4-309-46468-8

オックスフォード&ケンブリッジ大学　世界一「考えさせられる」入試問題

ジョン・ファーンドン　小田島恒志／小田島則子〔訳〕　46455-8

世界トップ10に入る両校の入試問題はなぜ特別なのか。さあ、あなたならどう答える？　どうしたら合格できる？　難問奇問を選りすぐり、ユーモアあふれる解答例をつけたユニークな一冊！

学歴入門

橘木俊詔　41589-5

学歴はそれでも必要なのか？　学歴の成り立ちから現在の大学事情、男女別学と共学の差、世界の学歴事情まで、データを用いて幅広く論じる。複雑な現代を「学歴」に振り回されずに生きるための必読書。

脳はいいかげんにできている

デイヴィッド・J・リンデン　夏目大〔訳〕　46443-5

脳はその場しのぎの、場当たり的な進化によってもたらされた！　性格や知能は氏か育ちか、男女の脳の違いとは何か、などの身近な疑問を説明し、脳にまつわる常識を覆す！　東京大学教授池谷裕二さん推薦！

人生に必要な知恵はすべて幼稚園の砂場で学んだ 決定版

ロバート・フルガム　池央耿〔訳〕　46421-3

本当の知恵とは何だろう？　人生を見つめ直し、豊かにする感動のメッセージ！　“フルガム現象”として全米の学校、企業、政界、マスコミで大ブームを起こした珠玉のエッセイ集、決定版！

快感回路

デイヴィッド・J・リンデン　岩坂彰〔訳〕　46398-8

セックス、薬物、アルコール、高カロリー食、ギャンブル、慈善活動……数々の実験とエピソードを交えつつ、快感と依存のしくみを解明。最新科学でここまでわかった、なぜ私たちはあれにハマるのか？

FBI捜査官が教える「しぐさ」の心理学

ジョー・ナヴァロ／マーヴィン・カーリンズ　西田美緒子〔訳〕　46380-3

体の中で一番正直なのは、顔ではなく脚と足だった！　「人間ウソ発見器」の異名をとる元敏腕FBI捜査官が、人々が見落としている感情や考えを表すしぐさの意味とそのメカニズムを徹底的に解き明かす。

海を渡った人類の遥かな歴史

ブライアン・フェイガン　東郷えりか〔訳〕　46464-0

かつて誰も書いたことのない画期的な野心作！　世界中の名もなき古代の海洋民たちは、いかに航海したのか？　祖先たちはなぜ舟をつくり、なぜ海に乗りだしたのかを解き明かす人類の物語。

犬の愛に嘘はない　犬たちの豊かな感情世界

ジェフリー・M・マッソン　古草秀子〔訳〕　46319-3

犬は人間の想像以上に高度な感情――喜びや悲しみ、思いやりなどを持っている。それまでの常識を覆し、多くの実話や文献をもとに、犬にも感情があることを解明し、その心の謎に迫った全米大ベストセラー。

ザ・マスター・キー

チャールズ・F・ハアネル　菅靖彦〔訳〕　46370-4

『人を動かす』のデール・カーネギーやビル・ゲイツも激賞。最強の成功哲学であり自己啓発の名著！　全米ベストセラー『ザ・シークレット』の原典となった永遠普遍の極意を二十四週のレッスンで学ぶ。

「困った人たち」とのつきあい方

ロバート・ブラムソン　鈴木重吉／峠敏之〔訳〕　46208-0

あなたの身近に必ずいる「とんでもない人、信じられない人」――彼らに敢然と対処する方法を教えます。「困った人」ブームの元祖本、二十万部の大ベストセラーが、さらに読みやすく文庫になりました。

アメリカ人はどうしてああなのか

テリー・イーグルトン　大橋洋一／吉岡範武〔訳〕　46449-7

あまりにブラック、そして痛快。抱腹絶倒、滑稽話の波状攻撃。イギリス屈指の毒舌批評家が、アメリカ人とアメリカという国、ひいては現代世界全体を鋭くえぐる。文庫化にあたり新しい序文を収録。

心理学化する社会

斎藤環　40942-9

あらゆる社会現象が心理学・精神医学の言葉で説明される「社会の心理学化」。精神科臨床のみならず、大衆文化から事件報道に至るまで、同時多発的に生じたこの潮流の深層に潜む時代精神を鮮やかに分析。

世界一やさしい精神科の本

斎藤環／山登敬之　41287-0

ひきこもり、発達障害、トラウマ、拒食症、うつ……心のケアの第一歩に、悩み相談の手引きに、そしてなにより、自分自身を知るために——。一家に一冊、はじめての「使える精神医学」。

人間はどこまで耐えられるのか

フランセス・アッシュクロフト　矢羽野薫〔訳〕　46303-2

死ぬか生きるかの極限状況を科学する！　どのくらい高く登れるか、どのくらい深く潜れるか、暑さと寒さ、速さなど、肉体的な「人間の限界」を著者自身も体を張って果敢に調べ抜いた驚異の生理学。

生物学個人授業

岡田節人／南伸坊　41308-2

「体細胞と生殖細胞の違いは？」「DNAって？」「プラナリアの寿命は千年？」……生物学の大家・岡田先生と生徒のシンボーさんが、奔放かつ自由に謎に迫る。なにかと話題の生物学は、やっぱりスリリング！

解剖学個人授業

養老孟司／南伸坊　41314-3

「目玉にも筋肉がある？」「大腸と小腸、実は同じ!!」「脳にとって冗談とは？」「人はなぜ解剖するの？」……人体の不思議に始まり解剖学の基礎、最先端までをオモシロわかりやすく学べる名・講義録！

脳を最高に活かせる人の朝時間

茂木健一郎　41468-3

脳の潜在能力を最大限に引き出すには、朝をいかに過ごすかが重要だ。起床後３時間の脳のゴールデンタイムの活用法から夜の快眠管理術まで、頭も心もポジティブになる、脳科学者による朝型脳のつくり方。

脳が最高に冴える快眠法

茂木健一郎　41575-8

仕事や勉強の効率をアップするには、快眠が鍵だ！　睡眠の自己コントロール法や“記憶力”“発想力”を高める眠り方、眠れない時の対処法や脳を覚醒させる戦略的仮眠など、脳に効く茂木式睡眠法のすべて。

著訳者名の後の数字はISBNコードです。頭に「978-4-309」を付け、お近くの書店にてご注文下さい。